前世聖女だった私は
薬師になりま
I was a saint in my previous life became a Pharmacist
日之影ソラ
イラスト——海鼠

Character
キャラクター
ラルク
ユーステッド王国の第二王子
ダリア
宮廷薬師室長
アレイシア
前世聖女だった記憶と力を
持ったまま生まれ変わり、
より多くの命を助けるために
宮廷薬師となる
システィー
宮廷薬師見習い

アンデル
ユーステッド王国の第一王子
フリーミア
アレイシアの故郷で暮らす魔女
レン
最年少宮廷薬師
ミランダ
現世の聖女

Contents

プロローグ
生まれ変わった大聖女
007

第一章
現代聖女の誕生
055

第二章
意地を見せつけよう
105

第三章
鼓動の速さを感じたら
157

第四章
万能薬を求めて
203

第五章
聖女と元聖女の奇跡
265

エピローグ
最後の奇跡と再出発
309

I was a saint in
my previous life became
a Pharmacist

前世聖女だった私は薬師になりました

日之影ソラ

Jノベルライト文庫

〔イラスト〕 海鼠

プロローグ

生まれ変わった大聖女

天に祈りを捧げることで、人知を超えた奇跡を起こす。その姿は美しく、神々しく、多くの人々に希望を与えた。

彼女は選ばれた人間だった。誰に選ばれたのか。

そう、神に選ばれたのだ。

そんな彼女を、人々はこう呼ぶ。

――『聖女』、と。

王国の大聖堂には、毎日数千人の人々が訪れる。皆、その身に病を抱えていたり、何かに苦しんでいる者たちばかりだ。

彼らが救いを求める女性こそ、この国でただ一人の聖女だった。

「聖女様！　この子の熱が下がらないのです。ずっと苦しんでいて……どうか、この子を救っていただけないでしょうか！」

「頭をあげてください。我が子の幸福を心から願っているのですね」

「はい！　この子は私たちの宝です」

「美しい答えです。この子の未来は、きっと明るい」

彼女は両手を組み、目を瞑って祈りを捧げる。

どうか、この子の未来に祝福を。

罪なき魂に救いをお与えください。

声には出さず、ただ心の中でそう願う。すると、彼女の願いに天が応えてくれたのか、子供の身体を淡く優しい光が包む。

「おお……おぉ！　これが聖女様のお力！」

「私の力ではありません。あなた方の想いが、この子に奇跡をもたらしたのです。私はただ、ほんの少し手助けをしたにすぎません」

「あ、ありがとうございます！」

奇跡を目《ま》の当たりにした彼らは涙を流し、それを見ていた他の者たちも声を上げる。

「すごい！　聖女様のお力は本物だ！」

「私たちを救ってくださるのよ！」

「きっと女神さまの生まれ変わりなんだ！　聖女様！　うちの子も助けてくださ
い！」

　半信半疑だったものもいる。

　淡い希望を胸に秘め、大聖堂に足を運んだ者たちは、希望が現実にあると理解し
た。そうして膨れ上がり大聖堂に声が響く。

　護衛の騎士たちが慌てて彼らを制止する。

「落ちついてください！」

「順番です！　しっかり並んでください！」

「押さないでください！　聖女様はいなくなったりしませんから！」

　騎士の声は聞こえていない。誰もが追い詰められて、聖女のことしか見えていな
い。だからこそ、彼女の声や表情には敏感だ。

「安心してください。私はここにいます」

　微笑《ほほえ》みかけ、彼らに向けた言葉は優しかった。

　祈りだけではない。ただの言葉が、その態度が、彼らの心を和ませる。力のある

なしにかかわらず、穏やかで陽光のような笑顔は冷たくなった人々の心を温め穏やかにしていた。故《ゆえ》に彼女は聖女なのだろう。

彼女は多くの期待を背負った。しかし彼女自身はそれを辛いことだとは思っていなかった。

自らの使命だと悟《さと》り、救う力があるのなら、多くの人を笑顔にしたい。心からそう願っていた。彼女は生まれながらに聖女らしい思考を有していたのだ。

だが、彼女も、彼女を崇《あが》める人々も知らなかった。

聖女の力は魅力的で、強くて、万能に見えた。しかし決して万能な力ではなかったということを。


最初に気付いたのは、聖女本人だった。

「ごほっ、ぅ……」

祈りを終えた後から、身体の怠さを感じていた。ただの疲れだと彼女も思っていたが、それは日に日に強くなる。

休んでも一向にとれない疲れに、さすがの彼女も疑問を感じていた。

ある日、彼女は夢を見た。真っ白な世界に一人だけが存在する。

誰かが彼女に語りかけた。

それは彼女が信じる主の声……すなわち神の声だった。

彼女は声に耳を傾けた。主の言葉を一つも聞き漏らさないように。そして、彼女は知る。

聖女の力を使う時、自らの命を削っている。

知りたくなかった事実を。主が語りかけてくれたのは、自らの死が近づいているからだということを。教えてくれたのは主の声だ。

疑うことなどありえない。それでも、疑いたくなるような事実に、彼女は悩んだ。

ただ……悩んでいる間にも、彼女を求めてやってくる人たちはいる。

彼らも、理不尽な現実に抗《あらが》い、嘆《なげ》いていた。放っておくことなどできなかった。

彼女は……聖女なのだから。

彼らを救い、幸福へと導く役目を背負ったのだから。

救わなくてはならない。祈り続けなくてはならない。自らの死を突き付けられても、彼女は変わらず祈り続けた。

国中を流行《はやり》病が襲った時も、医者より多くの人を救った。

――そしてその代償に、彼女は命を落としてしまった。

最期の一瞬まで、苦しむ人の前では笑顔を絶やさなかったという。

それでも、後悔はあった。

二十歳という若さでこの世を去ってしまった聖女。その後悔もまた、聖女らしいものだった。

自分にもっと力があれば、今より多くの人を救えたのに。

救えなかった人たちが……まだ大勢いる。

聖女の力は万能ではあっても、完全ではなかった。どれだけ奇跡を起こそうと、所詮は聖女も一人の人間でしかない。

彼女が一人を救う時、二人三人と新たに苦しむ人々の声が聞こえ、目に入らないだけで苦しむ人々は増え続ける。

手の届く範囲でしか人を救えない事実に落胆する。

それに、自分がいなくなった後はどうなるのか。癒《いや》しても癒しても治まることなく広がり続ける奇病にどうやって対処する？

今まで聖女の力で癒し続けてきた病や傷は、聖女である自分がいなくなればどうすることもできなくなる。

いかに聖女と雖《いえど》も、救えるものには限度がある。寿命のある身では、永遠に誰かを救い続けることはできない。

自身の死を目の前にして、彼女は聖女の力に依存していては、幸福な未来が訪れないことを悟った。

故にこそ彼女は願う。

もしも来世があるのなら、今後こそ……救えなかった人たちを救えるようになりたい。自分がいなくなった後も、皆が笑って暮らせる世界を作りたい……と。


それから、千年の時が流れた――

◇◇◇

瞼《まぶた》が重い。身体も重いようで、どこかふわふわした感覚があった。真っ白の温かい光に包まれて、身体が溶けていくような心地よさに浸る。

「……よ」

誰だろうか。私の耳元で、優しく呼びかけている声が聞こえてきた。これは女の人の声だ。かすかにしか聞こえなくて、何を言っているのかわからない。

「——わね。寝ている姿は妖精さんみたいだわ」

「当たり前じゃないか。なにせ君と俺との子供なんだから」

ようやくハッキリ聞こえた声に、私は耳を疑ってしまう。最初は女の人の声だけだったけど、近くに男性もいるようだ。

子供という単語も聞こえたし、二人は夫婦なのだろう。近くで夫婦が我が子を愛でているのだ。

真っ暗で何も見えないながら、きっと微笑ましい光景が広がっているのだと思うと、自然と笑みがこぼれた。

「あっ！　今笑ったわ！」

「本当だね！　いい夢でも見ているのかな？」

（……え？　笑った？）

私は心の中で疑問を呟く。

奇しくも私とまったく同じタイミングで、夫婦の子供も笑顔を見せたのだろうか。

それにしてはタイミングが合い過ぎているし、二人はまるで私に語り掛けているように聞こえた。

ここでようやく、今さらな疑問が思い浮かぶ。

どうして私はここにいるのだろう。私の記憶が確かなら、聖女として一生を終えて死を迎えたはず……。

そう、私はもう死んでしまっているはずなんだ。

命を落とした私がどうして、誰かの声を聞いているのか。

視界が真っ暗なのは、私が目を閉じてしまっているからだ。声の主を確かめるため、私はゆっくりと瞼を開ける。

思った以上に瞼は重くて、開きながら手足の感覚を確かめる。確かに感じるのに、まるで自分の身体じゃないみたいな違和感があった。

そうして私は、ぼやけた視界の中に二人の男女の姿を見た。

「あら？　起こしちゃったみたいね？　ごめんなさい」

「少し騒ぎすぎたかな？　我が子の可愛《かわい》さを喜ばない親はいないし、仕方がないと思ってくれ」

「ふふっ、そんなこと赤ん坊に言ってもわからないわよ」

二人の視線はまっすぐ私に向けられていた。赤ん坊とも聞こえてきて、二人が呼びかけていたのは自分だと察する。

　未《いま》だ理解は追い付かない。だけどハッキリしていることは、私は今この二人の子供になっているということだ。

◇◇◇

　窓から差し込む日差しが、広げた本のページを照らしている。ゆっくりと優しく吹き抜ける風でページがめくれないように、そっと手を当てる。

「アレイシア、もうすぐお昼ご飯ができるわよ！」

「はい！　すぐに行きます」

　呼ばれた私はパタンと本を閉じ、二階から階段を下って一階へと向かう。廊下を進み突きあたりの扉を開けると、テーブルの上には昼食が並べられていた。

　すでにお父さんが席につき、お母さんも最後の料理をテーブルに置いたところだった。

「お待たせしました。お父さん、お母さん」

「ううん、ちょうどいいタイミングだったわ。さぁ座って」

「はい」

私は二人と対面になる席に腰を下ろし、私が座ってからお母さんも席に着く。三人揃ったら両手を合わせて。

「「「いただきます」」」

お母さんが作ってくれたお昼ご飯をパクパク口に運ぶ。そんな私を見ながら微笑む両親。特にお父さんは誇らしげに言う。

「食事一つとってもアレイシアは礼儀正しいな。教える前からなんでもできてしまうし」

「本当よね～　私たちの子供じゃないみたいだわ」

「何を言うか。俺たちの子供だからこそだろう！　アレイシアは間違いなく天才なんだよ」

「ふふっ、そうね。もしくは誰かの生まれ変わりかしら」

思わぬ一言にビクッと身体が反応してしまう。その一瞬を見られてしまったのか、二人ともキョトンとした表情を見せた。

私はちょっと慌てながらごまかす。

「天才なんて。私はただ本が好きでたくさん読んでいますから。お作法も本で調べたんです」

「そうだったな！　アレイシアは誰よりも勉強熱心だ」

「きっと将来は何でもできるわね」

「アレイシアなら宮廷で働くことだって夢じゃないぞ」

「ありがとうございます！　お父さんとお母さんの期待に応えられるように頑張りますね！」

私がそういうと、二人ともわかりやすく喜んで瞳をキラキラさせた。私はというと、ごまかせたことをホッとして胸をなでおろす。

まったく、子供のフリをするのも大変だ。

二人の顔を初めて見た日から、そろそろ五年が経過する頃だろう。今の私は五歳だけど、中身は子供じゃない。

どうやら私は、前世の記憶を持ったまま二人の子供アレイシアとして転生してしまったようだ。

亡くなった人が新しい命となって生まれ変わる。そんなおとぎ話を耳にすることはあったけど、まさか自分に起こるなんて思わなかった。

最初こそ信じられなくて耳を疑ったけど、赤ん坊の身体や感覚を確かめ、自分自身の前世をハッキリと思い出せる。時間が経過するほどに生を実感して、疑いようのないほど、生まれ変わったことは事実だった。

生まれ変わったことを理解した私は、この五年間で世界について調べた。

この世界はどうやら、私が生きていた時代より千年後の未来らしい。残された書物や歴史を調べることでそれを知った。

驚くことに、聖女だった頃の私は伝説のように語り継がれていた。苦しみから人々を救い、迷える者たちを導いた大聖女。国の象徴とまで呼ばれていることに若干のむず痒《がゆ》さを感じてしまう。

私はそんなに大したことはしていない。謙遜《けんそん》したくとも、する相手がいないのだから仕方がない。

ともかくここは千年後の世界。私が両親と暮らしているのは、かつて私が属していた大国ユーステッド王国。王都から遠く離れた北の果てにあるルートという小さな街だ。

一年を通して気温が低く、生活するにはあまり良い環境とは呼べない。だからこそ助け合い生きている。ここに暮らす人たちはとても温かい。

優しい両親と、温かな家庭。不自由など感じることはなく、日々は穏やかに過ぎていく。

そんな中で私は、毎日のように同じことを考えていた。

「どうして……私は生まれ変わったのかな？」

ふと声に漏れてしまうほど、考えても答えは出てこない。これも聖女の力なのだろうか。私が前世から引き継《つ》いだのは記憶だけじゃない。まだ誰にも教えていないけど、今の私にも聖女の力がある。

前世と同じように、祈りを捧げることで奇跡が起こせる。主の声も、語りかけ聞くことができる。

聖女の力を引き継ぎ、もしこの力のお陰で生まれ変わったのだとしたら、私はまた聖女として生きるべきなのだろうか。

それが本当に正しいのか……今となってはわからない。

前世の私なら、きっと迷うことなく聖女としての道を歩んだのだろう。だけど一度人生を終えて、終わりがあると知ると迷ってしまう。

穏やかな日々に幸せを感じながら、胸の奥にかかえる疑問は消えずに時間だけが過ぎていく。

ある日、お父さんが風邪を引いてしまった。

元気なことが何より取り柄で、今まで一度も風邪を引いたことがなかったお父さんがゲホゲホと咳をする。

珍しく弱さを見せたお父さんを前に、お母さんも心配そうに声をかける。

「大丈夫なの？」

「心配はいらない。ただの風邪だ。少し休んでいればすぐ治る」

「……お父さん」

「アレイシアもそんな顔をするんじゃない。俺なら大丈夫だ」

そう言ってお父さんは私の頭を優しく撫でてくれた。咳き込みながらも、普段通りの姿を見せようと。

「さぁ、もう出て行きなさい。近くにいると風邪がうつってしまうからな」

「そうよアレイシア。後はお母さんに任せて」

「……はい」

二人に諭《さと》されて、私は一人お父さんの寝室を後にする。ガチャリと扉が閉じ、自分の部屋に戻ってから私は悩んだ。

お父さんが患っているのは本当にただの風邪だ。珍しい症状もなければ、命に係わるほど重くもない。二、三日安静にしていれば回復するだろう。

お医者さんほど詳しくはないけど、前世でたくさんの病人を見てきた私には、なんとなく病気の重さも理解できた。

だからといって、苦しそうにしているお父さんを心配しないわけもない。私が聖女の力を使えば簡単に治ってしまう。二人に内緒で、こっそり治療してしまおうかと考えた。

命を削る聖女の力も、たかが一回風邪を治す程度なら消費も微々たるもの。でも、それで本当に良いのだろうか。

私には予感があった。一度でも聖女の力に頼ってしまえば、また前世と同じ結末を迎えるのではないか。命を燃やし尽くし、未来に後悔を残すのではないか。

その懸念《けねん》が、私の決断を鈍らせた。私がこの時代に生まれ変わったのは、やはり聖女としての責務を全うするためなのか。

悩みはどんどん深く、答えが遠のいていく感覚に襲われる。

その翌日のことだった。

私の家に、街の薬師《くすし》さんが訪ねてきた。お父さんが風邪を引いたことを知って、薬を届けに来てくれたそうだ。

小さな街だからお医者さんはいない。代わりに薬師さんがお医者さんの代わりに診断もして、お薬を処方してくれる。

薬師さんがくれたお薬のお陰で、お父さんの風邪はあっという間に良くなった。

病気になったら薬を飲んで安静にする。そうすれば治って元気になる。当たり前のことに私は感銘を受けた。

風邪に効く薬があれば、風邪を治すことができる。怪我を負っても、塗り薬で治療すれば治る。

「身体の怠さもなくなったぞ～」

「すっかり風邪も治ったみたいね。良かったわ」

「ああ。二人とも心配をかけたな」

元気いっぱいに腕を回し、風邪が治った様子のお父さんを見て、私はぼそっと胸から溢れた感情を口にする。

「薬って凄い」

「ん？　そうだな薬ってのは便利だな。なんにでも効く薬とかもできたら、きっと世の中から病気なんてなくなるぞ。まぁそんな薬、奇跡みたいなものだけどな」

「そうね。万能薬っていうのかしら？　それができたら大昔の聖女様もきっとビッ

「……うん。ビックリした」

二人とも特に深い意味はなく口にした一言だっただろう。ほとんど冗談のつもりで口にして、ニコニコ笑っている。

たぶん私だけが、その冗談を本気に受け取っていた。

聖女の力がなくても、病は薬で治すことができるんだ。そんな当たり前のことが見えなくなっていた。

薬なら多くの人たちに届けられる。私の手が届かない遠くの人にも、私がいなくなった後の世界でも、たくさんの人たちを癒すことができる。

聖女の力よりも広く、長く、みんなの生活を支えることができるんだ。

「お父さん、お母さん！」

「ん？」

「どうかしたの？　アレイシア」

「私、やりたいことができました！」

ずっと疑問だった。

どうして私が、前世の記憶と力を持ったまま現代に転生したのか。その理由が今、ようやくわかった気がする。

「私！　薬師さんになりたいです！」

聖女の力に頼ることなく、より多くの人々を救う方法。薬師になって、あの時救えなかった人たちを、今度こそ救ってみせる。

私はそのために、この時代で生まれ変わったんだ。

この日を境に、私は薬師になるための勉強を始めた。必要な知識を身に付けて、薬師になるための準備を整えた。

十歳になる頃、お父さんを見てくれた街の薬師さんに弟子入りの相談をした。子供だからと適当にあしらうことなく、薬師さんは私を弟子にしてくれた。

私が本気だと知って、お父さんとお母さんも熱心に頼んでくれたから、きっとそのお陰もあるだろう。

二人にはいつも支えられている。決して裕福じゃないのに、勉強に必要だからとたくさんの本を買ってくれた。

いずれ王都に行くことを予想して、旅費や生活費も蓄えてくれている。私に内緒でこっそりと貯《た》めている。私は気付かないフリをしていたけど、いつも感謝を言いたくて仕方がなかった。

そんな二人の期待に応えるためにも、私は立派な薬師になろうと決意する。この国で最も優れた薬師たちが働く場所、王都の宮廷薬師。そこが私の目指している場所だ。

薬師になるだけじゃ足りない。宮廷薬師になれば、充実した設備で新薬の研究をすることができる。先生がそう教えてくれたから、私は宮廷を目指すことに決めた。

それから来る日も来る日も、薬師になるための修行を積んで……。

私は十五歳になり、成人の年を迎えた。

王都で宮廷薬師になるための試験がある。十五歳以上で、薬師として経験を積んだ者であれば誰でも受けられる。

五年間、先生の下で修行を積んだ。先生にも、宮廷でもやっていけるはずだとお墨付きをもらえるくらいにはなれた。

そして今日、私は王都に向けて出発する。

「忘れ物はない？　もしあったら取りに戻るのは大変よ」

「大丈夫ですお母さん。何度も確認しましたから」

「そう？　ならいいけど、本当に行ってしまうのね……」

「はい」

お母さんは寂しそうに目を伏せる。隣にいるお父さんも、平静を装っているけどぐらついているのがわかる。

本当は行ってほしくない。私をそばでずっと支えてくれた。

この十五年間、私をそばでずっと支えてくれた。そう思っている……二人なら。

私だって二人と離れ離れになるのは辛いし寂しい。それでも前へ進むと決めたんだ。私は王都で宮廷薬師になる。そのために努力してきた。

「お父さん、お母さん、必ず合格してみせます」

「そこの心配はしていない。お前がずっと頑張っていたのは知っている。何より、俺たちの子供だからな」

「ええ、アレイシアなら絶対に合格するわ」

「お父さん……お母さん……」

二人が私を思う気持ちがひしひしと伝わってきて、込み上げてくる感情が涙となって溢れ出る。

旅立つことに不安は何一つないのに、一歩を踏み出す足が重たく感じる。

それでも私は涙を拭い、笑顔で挨拶をする。

「それじゃ、行ってきます！」

「ああ」

「いってらっしゃい！　たまには帰ってきてね」

「はい！」

二人と離れることは寂しい。だけど、これが永遠の別れになるわけじゃない。今世の私は聖女としてではなく、薬師として生きていく。

あの頃よりもずっと長く、この世界で生きていくんだ。

それからあっという間に月日は流れ。

三年後――

◇◇◇

ユーステッド王国、王都アルカンティア。宮廷の一室で、薬草と木の実が並んだテーブルと向き合う。

手元にあるのは薬の調合リスト。私は今、新しい薬の開発中だった。

「うーん……これじゃ弱いかな」

目指しているのは、あらゆる病に効果がある万能薬。年々増え続ける病の種類に対応できる薬を開発すれば、みんなが安心して暮らせる。

それが元聖女で、宮廷薬師となった私の目標だ。

トントントン――

薬室の扉が開く。入ってきたのは、オレンジ色の綺麗な髪を左で一つ結びにしている可愛らしい女の子。彼女は両手で木の箱を持っている。

「先輩！　頼まれてた物ってこれですよね？」

「うん。セレン草と、クアの実だね。ありがとう、システィー」

「これくらい朝飯前ですよ！」

彼女の名前はシスティー。宮廷薬師見習いで、研修期間として私の助手を務めている。

とっても元気で真面目な女の子で、私がお願いしたことも文句ひとつ言わずにやってくれるし、進んでいろんな仕事もしてくれる。

勉強も熱心だから将来有望。きっと彼女も、たくさんの人を笑顔にする存在になると思う。

トントントン──

また、扉をノックする音が聞こえた。

「失礼するよ」

今度の声は男性だった。

上品で、優しそうな声に、システィーがきゅんとなっている気がして。声の主が誰なのかを考えれば、そういう反応にもなる。

「いらっしゃいませ。アンデル殿下」

「こんにちは、アレイシア。突然ですまないね。仕事中だったかな？」

「いえ、殿下ならいつでも歓迎です」

ユーステッド王国第一王子アンデル・ユースティア様。王位継承権を持つ者の中で、もっとも次期王に近いお方だ。

歴代の王族の中でも特に優秀で文武両道。貴族の地位を重んじながらも、優秀な人材は生まれを問わず好意的に接する。

逆に貴族であっても、国に悪影響をもたらすような人には厳しい目を向ける。よく言えば平等、悪く言えば少々冷たい人ともとれる。

表情から考えが読みにくくて、私はちょっぴり苦手だ。

「そう言ってくれると嬉しいよ。システィーも頑張っているかな？」

「は、はい！」

「良い返事だね。君も将来有望だ。この国のため、今後も尽くしてくれ」

「はい！」

アンデル殿下は優しく微笑みかける。システィーは恋する乙女のようにうっとりとしていた。

よく私の薬室に顔を出してくれるけど、目的は私たちがちゃんと仕事をしているか確認するため。

いつも仕事熱心なお方だ。

「研究は捗《はかど》っているかな？」

「はい。殿下のお気遣いのお陰で」

「そうか。君の研究はいずれこの国の未来を担うことになる。期待しているよ。王子として、一個人としてもね」

「……？　はい。ご期待に沿えるよう頑張ります」

言い回しはよくわからなかったけど、期待してくれていることはわかった。

元々辺境の田舎街育ちで、王城にはなんの縁もなかった私だけど、三年前に宮廷薬師の試験を合格して本当に良かった。

宮廷付きはより優れた環境で薬学の研究ができる。私の目標のためにも、願ってもない機会だ。

「では失礼する――おっと、今日は来客が多いみたいだね」

殿下が薬室を出ようと扉を開けると、そこには鮮やかな金髪を左右で結んだ女性が立っていた。

高貴な雰囲気を漂わせながら、彼女は殿下を見てニコリと微笑む。

「こんにちは、アンデル殿下。殿下もいらしていたのですね」

「ああ。ミランダこそ、よくここに来るね」

「はい。私も殿下と同じですわ」

「ほう、同じか。それはまた面白いことを言うね」

殿下はニコリと笑うが、その表情に怖さを感じてしまう。向けられた彼女は毅然《きぜん》とした態度で笑顔を崩さず目を合わせていた。

「それじゃ、今度こそ失礼するよ」

「はい」

　こうして殿下が薬室を後にする。代わりに彼女が薬室に残った。バタンと扉が閉まってから、数秒の静寂が支配する。

「はぁ、殿下も物好きですね。わざわざこんな場所に足を運ぶなんて」

　先に静寂を破ったのはミランダさんだった。嫌味な言い方をされて、私ではなくシスティーがぴくっと反応する。

　彼女が言いたいことは表情でも伝わった。それを私が代わりに口にする。

「こんな場所というのはどういう意味でしょう？」

「あら？　わからないのかしら？　もう何度も言っているはずだけど」

「……」

　そう、何度も言われている。いつもここへ来て、決まったセリフを私たちに浴びせるんだ。

「平民の身で、殿下と親しくするなんてありえませんわ」

「……私からお誘いしたわけでは」

「殿下から声をかけられていい気になっている？　だとしたら不愉快だわ」

「そういうわけではありません」

　私が否定しても、彼女は納得せずに文句を言ってくる。

彼女の名前はミランダ・ロードレス。この国でも有数の大貴族ロードレス公爵家の娘で、私が一番苦手な相手だ。

苦手な理由は見ての通り、彼女が私を目の敵にしているから。平民の、しかも辺境育ちの田舎娘が宮廷薬師になり、殿下からも気にかけてもらっている。

その事実が、彼女にとっては許せなかったのだろう。事あるごとに私に悪態をつきに来る。もうこれで何度目かわからない。

「お話はそれだけでしょうか？　でしたらもうお戻りください。私たちはまだ仕事が残っていますので」

「はい？　まさか貴女が私に命令する気？　平民のくせに生意気ね。貴女なんて私の一言でここから追い出すこともできるのよ？」

彼女は苛立ちを露《あらわ》にしながら冷たい一言を言い放った。さすがに言い過ぎだと、私が意見しようとした時。

「――へぇ、それはちょっとおかしな話だな～」

窓の方から、陽気な男の人の声が聞こえてきた。その声を聞いただけで、私の心がホッと落ちつく。

彼に驚いたシスティーが、その名を呼ぶ。

「ラルク殿下！」

「よっ、お邪魔するぞ」

「またそんな所から来て。どうしていつも窓から来るのかな？」

「さっきまで外で剣術の稽古してたんだよ。んで、その帰り道にたまたま通りかかったわけだ」

たまたまと言っているけど、毎日のように顔を見せてくれる時点でそうじゃないと丸わかりだ。

「システィーも元気に頑張ってるか？」

「はい！　先輩の助手としてしっかり働いています！」

「そうかそうか！　お前は相変わらず返事がいいな」

「元気が取り柄ですから！」

そう答えるシスティーに、ラルクは豪快に笑う。彼がここへ訪れると、どんな雰囲気でも一瞬で明るく変えてしまうから不思議だ。

「今日は怪我をしてないの？」

「ん？　なんだアレイシア、俺がいつも怪我をしてると思ったのか？」

「だって稽古だったんでしょ？　ラルクはいつも無茶するから」

「今日は全然平気だ。この通り」

ラルクはぐるんぐるんと腕を回して元気をアピールする。

彼はラルク・ユースティア、この国の第二王子でとても偉い人なんだけど、いろいろあって友人のような関係になっている。

ちなみに、この関係も彼女にとっては許せない事態だった。

「アレイシア！　殿下に対してそのような言葉遣いをするなんて無礼ですよ！」

「いいんだよ。俺が許可してるんだからな」

「で、ですが殿下」

「大丈夫だって。公の場では控えることにしてるし、ここは薬室で彼女の部屋だぞ」

ラルクに言いくるめられ黙り込むミランダさん。悔しそうに、苛立ちながら私をギロっと睨む。こうしてまた私に対する当たりが強くなるんだろう。

「さて、ミランダ嬢、さっきのセリフは捨て置けないな」

「なんのことでしょう？」

「惚《とぼ》けるなって。君の一言で彼女を追い出せるって？　それはありえない。宮廷で働く者の任命権は、各役職の長と、王族である俺たちに与えられている。いくら君でも、勝手に追い出すなんてできないはずだが？」

「それは……」

ラルクの言うことはもっともで、力のある貴族の令嬢であっても、宮廷で働く者を私的に追い出すことなどできない。

ましてや宮廷で働く者たちは、この国を支える役割を担っている。故に宮廷では、生まれや地位に関係なく、優れた者が上に立つ。

彼女が発した言葉は、宮廷の考え方を否定するものだった。

「さっきのは聞かなかったことにしておく。次からは気を付けるんだな」

「……はい。申し訳ありませんでした」

謝罪したミランダさんだけど、これもいつものこと。間違いなく反省はしていないし、部屋を出て行く最後まで、私のことを睨んでいた。

「まったく、彼女にも困ったものだな。そんなにアレイシアのことが気にいらないのか？」

「あははは……私が田舎娘だからだよ」

「生まれなんて大して関係ないだろうに。優れた者を認めることも、貴族であれば必要な気質だ。彼女は地位ばかりを気にしている気がするな」

「それも間違いじゃないよ」

貴族たちの考え方や平民の扱いは、千年前とあまり変わっていない。いやむしろ、千年前より改善したほうだ。

昔はもっと露骨で、田舎者なんて家畜同然に見ている貴族もいたくらいだから。

あの頃に比べたら、ミランダさんも大して酷くは……。

「先輩が庇《かば》うことありませんよ！　あの人いっつも悪口ばっかり。きっと先輩がアンデル殿下やラルク殿下に気にかけてもらっていて嫉妬してるんです」

「そんなこと大声で言っちゃ駄目よ」

「だってぇ……」

「システィーは素直だな。たまにはアレイシアも素直に怒ったり……ん？　兄上も来ていたのか？」

思い出したように顔を向け、ラルクは私に尋ねてきた。私はこくりと頷いてそれに答える。

「さっきまでいらしてたわ。ちょうどラルクと入れ違いになったみたい」

「そうか。兄上も……出遅れたな」

「え？　なに？」

「なんでもない。じゃあ俺はもう行くから、無理しない範囲で頑張ってくれよ。期待の宮廷薬師さん」

彼はトンと私の肩を叩いてから、ささっと扉から去っていく。入ってきた時は窓からだけど、帰りはちゃんと出入り口から出て行く。私の薬室は一方通行じゃないのだけどね。

もしかして、わざわざミランダさんに虐《いじ》められている私を助けに来てくれたのかな？

だとしたら今度改めてお礼を言わなくちゃ。

そう思いながら見送って、私は仕事に戻ろうと振り返る。するとシスティーが、うっとりした顔で手を合わせて言う。

「ラルク殿下は今日も格好いいですねぇ」

「ん？　そうだね。王子って意外と暇なのかな？」

「そんなことないですよ！　ラルク殿下もお忙しい方ですし、アンデル殿下も時間を見つけて様子を見にきてくださっているんですよ！」

「そ、そうだね。ごめんなさい」

システィーが顔を近づけて抗議してきた。その圧に負けて、軽い謝罪を口にしてしまう。

「はーあ……お二人に気にいられてる先輩が羨ましいですよ」

「え？　私が？」

「そうですよ！　先輩のところだけですよ？　お二人が顔を出すのって」

そ、そうだったんだ……知らなかった。

ラルクは気軽によく遊びに来るし、王族だけど地位とか立場を気にしないから多くの人に好かれている。

アンデル殿下も真面目なお方で、私が宮廷に入ったばかりの時、一番初めに挨拶に来てくださった。

そんなお二人だから、私のところ以外にも顔を出しているとばかり思っていたのに……。

「私の研究に、それだけ期待してくれてるってことかな？」

「それだけじゃないですよ！　お二人とも間違いなく、先輩に気があると思うんです」

「え、えぇ？　そう？」

「そうですよ！　女の勘がそう言っています！　先輩は仕事ができるだけじゃなく

て、水色の髪と瞳が綺麗だし、まるで伝説の聖女様みたいって噂されてるんですよ？」

伝説の聖女……千年前の私が、現代ではそう呼ばれている。

多くの命を祈りで救った大聖女。この国の象徴であり、皆が憧れる存在に、私はなっているようだ。

どういうわけか、あの頃の私と容姿も似ている。水色の髪は短くしたけど、肌の白さ、瞳の色も同じで、自分でも驚いている。

「殿下もきっと……先輩？」

「何でもないわ。さぁ、仕事に戻らないと」

「そう、ですね？」

「システィーも手伝って」

「はい！」

私は、今年で十八歳になった。

かつて命を落としたのは二十歳。残り二年……このままいけば、私は何事もなく二十歳を超えるだろう。

それを嬉しく思うと同時に、かつての自分の人生が本当に正しかったのかと疑問に思ってしまう。

恋愛なんてものも、私には縁遠いものでよくわからない。

救わなくてはならないという気持ちが膨れ上がって、他事なんて考えられなかった前世。もしかすると今世は、人並みの幸福が得られるかもしれない。

そう思うと、少しだけ気が楽になった。

◇◇◇

季節は廻り、寒さが目立つようになってきた頃。王都では毎年、この時期になると体調を崩す人が増える。

急激な気温の変化に身体が驚いてしまって、風邪を引いてしまうようだ。

「あの時も……寒くなってからだったなぁ」

前世の記憶と、現実の寒さが重なる。

私が命を燃やし尽くして感染を食い止めたのも、同じように寒い時期になって広がった病だった。

当時は原因もわからず、有効な薬もなかったから、聖女の力だけが頼りで。その果てに、私は命を落としたんだ。

「ごほっ、ぅーん……」

「システィー、大丈夫？」

「うーん、大丈夫じゃないですぅ……なんだか最近、身体が怠くて」

それは見ていて何となく感じていた。一緒に作業している時間が長いから、彼女の変化には敏感になる。

数日前から、少しずつ元気がなくなっている気はしていた。

「もしかして風邪？」

「熱とかはないんですよ？　怠さだけっていうか、ちゃんと暖かくしてるのに」

「お医者さんには見てもらったの？」

「あ、実はまだで……熱もないからそのうち治るかなって」

ごまかすように笑いながら目を逸らすシスティー。そんな彼女にちょっぴり呆れながら、ため息交じりに言う。

「体調が悪いならちゃんと見てもらわなきゃ駄目でしょ？　そのために宮廷専属のお医者さんがいるんだから」

「うぅ……だってあの人ちょっと怖いんですよぉ」

システィーは弱々しい声で言いながら、あからさまに嫌そうな表情を見せる。

宮廷には働く者たちの健康を管理するため、専属のお医者様が常駐している。腕は確かで私も信頼しているのだけど、確かに見た目とか態度はちょっと怖い。

たぶん相談しに行ったら、体調管理もできないのかと説教されるだろう。尻込みするシスティーの気持ちもわからなくない。

「はぁ、もう仕方ないなぁ。それじゃ一緒に行きましょう」

「え、お医者さんは……」

「違うわ。室長さんの所よ。宮廷で管理している薬を勝手に使えないでしょ？　使うなら許可を貰わないと」

「せ、先輩……」

システィーは瞳を潤ませ飼い主を見つめる子犬と同じ表情を見せて、思いっきり駆け足で飛びついてくる。

「大好きです先輩！　私一生ついていきます！」

「はいはい。もうわかったから行きましょう」

「はい！」

やれやれと思いながら、システィーが思ったより元気そうで安心した。この時期は質《たち》の悪い病気も流行するから。

とりあえずは、そんなに重い病ではなさそうで良かった。

私はシスティーを連れて宮廷の廊下を歩く。室長さんの部屋は、薬室と執務室に分かれている。お昼前の今なら、たぶん執務室の方にいるだろう。

廊下の突き当たりまで歩き、最後の部屋の扉の前で立ち止まる。扉の上には、宮廷薬師室長の名前が書かれていた。

トントントンと、三回ノックする。

「失礼します。宮廷薬師のアレイシアです」

「――どうぞ～」

中から室長さんの声が返ってきた。声を確認してから、私は部屋の扉をガチャリと開ける。

中に入ると正面にテーブルと左右のソファー。その奥に室長さん専用の椅子と机があって、机の上には山盛りの書類が載っている。

どうやら先客もいたらしい。

「うぅ……頭痛い……」

「昨日またお酒飲んだからですよ。飲み過ぎちゃ駄目だって言われてたのに」

「仕方ないでしょ～　いいお酒が手に入っちゃったんだから」

「だとしても仕事はしてください。はいこれ、僕からの報告書です」

　ドサッと机の上に追加で書類の山が置かれる。その衝撃で机に顔を伏せていた室長さんが顔を上げる。

「鬼！　悪魔！　あたしは君をそんな鬼畜に育てた覚えはないぞ！」

「育てられた覚えがありません」

「くぅー、相変わらず冷たいなぁレンは。子供らしくもっとニコニコはしゃいでたらいいのに」

「僕はもう十四です。子供じゃないです。それと、お二人が見えていますよ」

　部屋に入った私とシスティーは二人のやりとりをしばらく見ていた。この二人の会話も聞きなれたものだ。

「お、いらっしゃいアレイシアちゃん、システィーちゃんも」

「こんにちは室長。レン君も来ていたのね」

「はい。室長が二日酔いで怠《だる》いとか言っていたので仕事を増やしていました」

「な、なるほどぉ」

　冷たい一言に乾いた笑いが出る。二日酔いは室長さんが悪いし、これは何も言い返せないな。

椅子に座ってぐだーっと怠そうな顔をしている女の人が、宮廷薬師の室長ダリアさん。私より十歳くらい年上のお姉さんで、聞いての通りお酒が大好き。だらしない人に見えるけど、薬師としての知識や経験は私なんかとは比べ物にならないほど豊富で凄い人だ。

酒癖の悪さがなければ、もっと周りから尊敬されるのに……。

そんな室長に小言を言っている男の子はレン君。なんと史上最年少十歳で宮廷薬師になった天才少年。

成人でないと受けられなかった試験に特例を設けた唯一の逸材。歳は今年で十四歳だけど、私よりここでは先輩だ。

本人が畏《かしこ》まられるのが苦手ということで、私やスティーはレン君と呼んでいる。

「で、今日はどうしたの？」

「はい。実はシスティーの体調が良くないみたいで」

「え、それは大変だ。医者のじーさんには見せたの……って、見せてないからあたしのところに来たわけだね」

「うぅ……お察しの通りです」

ショボンと縮こまるシスティーを見て、ニヤニヤと笑う室長さん。彼女も専属のお医者さんが怖いことを知っているからできる表情だ。

話を全てする前に理解してくれたお陰で、お願いもスムーズにできる。

「すみません室長さん。彼女用に薬を作っても良いでしょうか？」

「もちろんいいよ。なんならちょうど作ったばかりの風邪薬があるから、それを飲んでいけば」

「ありがとうございます。良かったねシスティー」

「はい……本当にすみませんでした」

優しくされると逆に落ち込んでしまうのが彼女の特徴だ。その後も申し訳なさそうにしながら、貰った薬をごくりと飲み干した。

「体調管理は気を付けなきゃ駄目だぞ～　薬師が風邪なんて引いてたら外の人に笑われるからね」

「うっ、はい。すみません」

「室長こそ、酒浸りを解消しないとそのうち上から怒られますよ。宮廷での飲酒が禁止になることもありそうですね」

「うぅ、それだけは勘弁してください」

「あははは……」

この二人はどっちが上司か見ていてわからないな。それだけ仲がいいということだし、見ていて飽きないのは確かだけど。

「あ、そういえばなんでちょうど風邪薬があったんですか？　しかも調合したてなんて」

「ああ、それはついさっき依頼されてね。実はミランダお嬢さんも体調を崩されているんだと」

「ミランダさんが？」

そういえば最近は私の薬室にも顔を出さなくなっていた。ちょうど忙しかったし気にしていなかったけど、いつもなら一週間に二回は来るのに。

「大丈夫かな」

「さぁどうだろうね。風邪にしては熱もないみたいだし、そういえば変なことも言ってたな～」

「変なこと？」

「ええ。なんでもへんてこな夢を見るらしいわ。何もない所で一人ぼっちで、誰かの声が聞こえるらしいわよ」

聞いたことのある夢に、私は少し動揺した。室長さんは続けて語る。

「何を言っていたのか思い出せないけど、身体が妙に熱くなって、ぞわぞわってして目が覚めるんですって。お陰で最近は全然寝つき悪くてーってぼやいていたわね。要するに悪夢よ」

「夢……声が……？」

「アレイシア？」

「え、あ、そうなんですね。良くなるといいですけど」

気のせい……なのかな？

室長さんが話してくれた夢を、私も見たことがある。今の私じゃなくて、前世の私が。聖女になる前、その夢を何度も見せられて……。

ううん、まだ偶然かもしれない。

夢なんて曖昧《あいまい》だし、同じような夢もあるはず。そう思って私は、この話について深く考えないことにした。

「まっ、良くない病が流行る時期だからね？　あたしたちもこれから忙しくなるわよ？　体調管理も含めて頑張りましょう」

「はい」

「頑張って治します！」

「室長はお酒を控えてくださいね」

「もうわかってるって！　レンはあたしのお母さんか！」

ワイワイガヤガヤと賑やかな声が部屋の中に響く。

こんなにも穏やかで、居心地の良い空間は前世でもなかった。私にとって大切な居場所だ。

この先もずっと、この人たちと一緒に笑っていたい。十年先も、二十年先も、願わくばもっと先まで。

そんな幸福を、今なら望んでもいいよね？

だけど、そんな願いをあざ笑うかのように、運命は過酷な方向へと舵を切る。

順調に進んでいた船が、突然大きく揺れるように、私たちの日常が脅かされることになる。


新たな聖女の誕生によって。

第一章
現代聖女の誕生

ロードレス家本宅、寝室で眠るミランダは毎日同じ夢を見ていた。

真っ白な世界でただ一人、自分以外は誰もいない。にもかかわらず、自分以外の存在を強く感じ、声が聞こえてくる。

何を言っているのかはわからない。自身に何かを訴えかけているようにも感じ、彼女は耳を傾ける。

それでもうまく聞き取れず、ただただ超常的な現象であることを直感する。そうして目覚めた時は必ず呼吸は乱れ、体温は上昇し、全身を倦怠感《けんたいかん》が襲う。

「はぁ、はぁ……また……この夢なの」

彼女にとってそれは紛れもない悪夢だった。

未知の夢を見せられ、そのせいで眠りは浅く、毎日中途半端な時間に目が覚めてしまう。数週間にわたる不眠によって、彼女の心身は疲労しきっていた。

田舎者に小言を言いに行く元気すらなくなるほどに。

そのまま数日が過ぎて、未《いま》だに症状は緩和しない。薬を貰っても効果はなく、夢から覚めると異様な苦しさに襲われる。

この悪夢はいつまで続くのだろう。

そんなことを思い、不安を感じながら彼女は過ごしていた。

◇◇◇

「……今日は貴女しかいないのかしら？」

「はい。室長は外出中ですので、私が対応させていただきます」

寒さがいっそう際立ち、王都では良くない病が広がりつつあるこの頃。私たち薬《くす》師《し》も大忙しの中、ミランダさんが薬室を訪ねてきた。

以前から体調を崩していることは知っていて、定期的に薬を貰いに来ていた。いつもは室長さんが対応していたけど、今日は留守にしている。

レン君や他の宮廷薬師も出払っていて、助手のシスティーもお使いに出ていて不在という状況だ。

つまり今、薬師で対応できるのは私一人で、ここには他の誰もいないということになる。意図せぬ二人きり……あまり仲は良くない。

正直に言えば気まずい。だけど、彼女の表情は見るからに疲れきっていて、いつもの悪態も出てこない。

普段のほうがいいなんて思わない。それでも純粋に心配にはなった。

「症状のほうに変わりありませんか？」

「まったく変わらないわよ。薬も効いてないんじゃないかしら？」

「改善が見られないのでしたら処方を変えてみましょうか？」

「そうしてちょうだい」

ミランダさんが私の意見に素直に従うなんて珍しい。それほど心身ともに疲弊しているということか。ますます心配になってしまう。

「夢のほうも相変わらずですか？」

「ええ。まったく嫌になるわ。毎日毎日同じ夢。どこの誰か知らないけど、私の夢の中でずっと話しかけてくるのよ。本当に嫌になる。言いたいことがあるなら面と向かって言ってほしいわ」

「……そう、ですね」

彼女が見ているという夢の内容は、以前に室長さんから聞いていた。

真っ白な世界にいて、誰かの声が聞こえるだけの夢。特徴的とはいえ、夢なんて所詮はめちゃくちゃだ。

長く生きていれば、同じ夢を繰り返すことだってあるだろう。

私が気になったのは、夢の内容だった。

深くは考えないようにしていたけど、私はその夢を知っている。私もかつて同じ夢を見たことがある。

今世ではなく、前世で見たことが……。

「……まさかね」

薬の調合をしながら、ぼそりと呟いた時、後ろからバタンと音が聞こえた。急いで振り返ると、ミランダさんが倒れ込んでいた。

「ミランダさん⁉」

「うぅ……む、胸が……」

「胸が痛むんですね？　今すぐ薬を――」

その時、私は目を疑った。

胸の痛みから発覚する病は多い。重病かもしれないと、焦る気持ちがどわっと溢れ出そうになって、せき止められた。

彼女の身体から、淡く温かい光が漏れ出ていたから。

「こ、これは……」

もう、疑いようがない。私はこの現象を知っている。身をもって体感したことがあるから、誰よりもわかる。

最初は胸の痛みから始まって、体中が燃え上がるように熱くなって。

「い、痛い……胸が……」

「大丈夫です。もうすぐ痛みは治まりますから」

「は？　何を言って……は、はぁ……」

徐々に痛みは和らぎ、手足の先に仄《ほの》かな温もりが残る。そして同時に、自分が手にした力の意味を、天からの声で理解する。

「今、声が？　夢で聞こえた声が聞こえて……」

「それは主の声です」

「主？　貴女何を言っているの？」

胸の痛みも治まったようで、苦しそうだった彼女の表情も和らいでいる。今は痛みより、困惑のほうが大きいだろう。

夢で聞こえていた声が、現実にも聞こえるようになっている。しかも夢の中ほど不明瞭ではなく、今はハッキリと聞こえるはずだ。

「ミランダさん、落ちついて聞いてください。貴女は聖女に選ばれたのです。その声は主の声、貴女が発した光は祈りの力です」

「聖……女？　私が聖女に？」

「……はい」

信じられないかもしれない。でも、信じずにはいられない声が語りかけてくるはずだ。

この時、私のときもそうだった。

その先に待っていた……後悔の最期を。

私は鮮明に思い出していた。自分が聖女になって、歩んできた道のりを。

◇◇◇

「聖女様が誕生された！」

「なんという奇跡だ！　大聖女様以来千年ぶりに、この国に聖女様がお生まれになられたぞ！」

ミランダさんは聖女になった。その事実は王城だけに留まらず、瞬く間に王都中に広まった。

厳しい寒さが続く時期だったからこそだろう。国民は聖女の誕生に喜びの声をあげた。もちろん、貴族や王族の方々も同じだった。

特に喜んでいたのは、アンデル殿下だったと思う。

「ミランダ、君には驚かされたよ。まさか聖女の力を宿していたなんて」

「私も信じられません。でも、これで皆さんの……殿下のお力になれると思うと、とても嬉しいです」

「そうか。そう言ってくれると、私も嬉しいよ」

アンデル殿下から優しい声をかけられて、ミランダさんは幸せそうだった。

これまではあからさまに避けられたり、偽物の笑顔を向けられていたことは、彼女自身も気付いていただろう。

アンデル殿下はとても合理的なお方だ。あの方にとって重要なのは地位や権威よりも、王国にとって有益な存在かどうか。

地位はあっても王国に益をもたらさない相手には冷たく、平民でも優れた才能を持つ者には好意的。だからこそ、平民の私にも好意的に接してくださっていた。

ミランダさんが聖女になったことで、あの方の中で優先順位が大きく変動したのだろう。

何せ聖女はこの国の象徴であり、誰もが憧れる存在なのだから。

それから、国をあげて祭りが開催されたり、隣国の重鎮を招いたパーティーも開催された。

人々も、国も、全てにとって幸福な出来事なのだろう。

皆が笑っていた。楽しそうに、嬉しそうに笑っていた。

ただ一人、私だけは……笑えなかった。聖女の力を使うことが、自身の命を削る行為だと知っているから。

祭りやパーティーが一段落着いた頃から、ミランダさんは聖女として聖堂で祈りを始めた。

寒さが一層厳しくなって、体調を崩す人が増えている。加えて新種の病も広がっているせいで、国民が彼女に救いを求めてきたからだ。

国としても、聖女の力をアピールする機会。彼女にとっても、聖女としての役割を果たす場ができて、二つ返事で引き受けたらしい。

「聖女様！　この子を救ってください！　どうか！」

「安心してください。未来ある子供を、主は決して見捨てたりしません」

薬室での仕事を続けながら、彼女の様子も気になって、時々聖堂を見に行った。

聖堂には列ができていた。

ミランダさんは凄く頑張っている。彼女が私に悪態をついていたのは、平民なのに殿下に気にかけてもらっていたから。でもそれだけじゃなくて、周囲から必要としてもらっていたからだと思う。

彼女も本心では、誰かに必要とされたかったのかもしれない。

皆から必要とされ、求められて頑張る彼女の姿を見ていたら、そんな風に思えてしまった。

頑張っている人は応援したいし、彼女の頑張りで多くの人たちが笑顔になっている。ただ、どうしてもかつての自分の姿が重なってしまう。

かつて正しいと信じて突き進んだ道。間違いではなかったはずでも、最後に残ったのは後悔だった。

様子を見終わって薬室に戻った私は、悶々とした気持ちを抱えながら仕事に取り掛かる。

「はーあ、なんだか複雑な気分ですね～」

「え？」

私の気持ちを代弁するように、システィーがぼそりと呟いた。

「今まで散々私たちを悪く言っていたミランダさんが、まさか聖女様になっちゃうなんて！　先輩もそう思いませんか？」

「あ、ああ、そういうことね」

「そういうことって、先輩はなんとも思わないんですか？　一番ひどいことずーっと言われてたのに」

「私は別に、そこまで怒ってたわけじゃないから」

ミランダさんのことは苦手だったけど、嫌いとまでは思っていなかった。確かに悪口はよく言われていい気分じゃなかった。それでも直接的に嫌がらせをしてくるわけでもなかったし。

「先輩は優しすぎますよ～　はーあ、本当になんであの人が聖女なのか？　あんなに性格悪いのに選ばれた意味がわかりません！　どちらかというと先輩のほうが聖女に相応《ふさわ》しいです！」

「あははは……それはありがとう」

実際聖女に選ばれていたし、転生しても聖女の力は引き継《つ》いでいる。システィーは時々、私の正体を知っているかのような発言をするからドキッとする。

「性格はあまり関係ないわ。聖女に選ばれる人は、主と波長が合う人なの。それに彼女は悪い人じゃない。ただちょっと、自分に素直なだけよ。純粋な人って言い換えてもいいわ」

「純粋……それは確かにそう思います。じゃあ選ばれるべくしてなったのか～　うーん、結局モヤモヤするぅ」

「……そうね」

システィーと理由は違うけど、私もずっとモヤモヤしていた。

聖女の誕生は、この国にとって、世界にとっても喜ばしいことだろう。現に私を除く多くの人たちが喜んでいる。

だけどやっぱり、私は素直に祝福できない。

私だけが知っている真実……聖女の力には大きな代償がある。人の身で奇跡を起こすのに、何の対価も支払わないわけがなかった。

このままいけば、彼女は命を削り続けてしまう。そしていずれ、私と同じ最期を迎えてしまうだろう。

「そんなの……駄目だよ」

繰り返してはいけないと強く思う。

そう、私は繰り返さないために薬師になる道を選んだ。そして今、目の前で同じ道を歩もうとしている人がいる。

聖女の先輩として、放っておくことなんてできない。その日の夜、私はミランダさんに真実を伝えることにした。

◇◇◇

夕刻。ミランダさんが聖堂での仕事を終えるタイミングを見計らい、私は彼女の下を訪ねた。

何度も足を運んでいるから、彼女が一人になる時間があることも知っている。他の人には聞かせられない内容だから、一対一で話したいと思う。

彼女の仕事が終わり、聖堂から人気が消えていく。

「ミランダさん」

「あら？　誰かと思ったら貴女ですか」

タイミングはバッチリ。今から数分は二人きりで話せるだろう。念のために私は周囲を見回し、誰もいないことを確認する。

「何をしに来たのですか？　聖女である私の所に」

「……実は、ミランダさんにどうしてもお話ししたいことがありまして」

「私に？　一体何でしょう？　聖女になった私はとても多忙なのです」

「わかっています」

自らが聖女であることを強調する話し方だ。よほど聖女に選ばれたことが嬉しかったのだろう。

以前のように私を馬鹿にすることはないし、これなら話も切り出しやすい。もっとも、真実を知ればショックを受けるだろう。

「……」

「どうしたのですか？　早く話してください。私は忙しいんですよ」

わかっている。伝えるべきことは一つだけ。それを伝えるためにここまで足を運んだんだ。

たとえ彼女がショックを受けようと、私がもっと嫌われようと、伝えなくてはならないことがある。

　彼女の未来を、命を守るために。

「私が話したいのは、貴女が手に入れた聖女の力についてです」

「私の力？」

「はい。落ちついて聞いてください」

　なんだかあの日を思い出す。彼女が聖女であると教えたのも私だった。今度は悲しませてしまうだろう。私は大きく息を吸って、長く吐き出す。

　そして――

「聖女の力には大きなリスクがあります。力を使えば使うほど、自らの命を削っているのです」

「……は？」

　真実を耳にしたミランダさんは、キョトンとした表情で固まる。そういう反応になるのは無理もない。

　信じたくないだろう。疑いたくなるだろう。それでも、紛れもない事実なんだ。

「信じられないかもしれません。でも本当のことなんです。聖女の力を使い続ければ、いずれ貴女の命が尽きてしまいます」

「……何を言っているの？　そんなことあるはずないわ！」

彼女は声を荒げて否定する。

ショックは大きく、きっと信じていたものに裏切られた気分に違いない。でも、知らないといけない。彼女の命が尽きる前に。

「本当のことなんです。人の身で奇跡を起こすためには」

「ありえないわ！　だって私はなんともありませんよ？」

「今は大丈夫なだけで、確実に貴女の命を削っているんです。このままじゃ貴女はいずれ――」

「ふざけないで！」

続きを口にしようとした時、私の言葉を遮るようにミランダさんは叫んだ。

その表情は険しく、親の仇でも見るように私を睨んでいる。

「ミランダさん……」

「そんなはずがないわ！　聖女の力なのよ？　何も知らないくせに適当なことを言わないで！」

「違います！　私は――」

「そうか！　そういうことね？　貴女もしかして、私が聖女に選ばれたから嫉妬しているんでしょ？」

ミランダさんが歪んだ笑みを浮かべる。その瞳は濁り、私を疑い敵として認識しているようにすら感じる。

「ミランダさん？」

「惚《とぼ》けなくてもいいわよ？　そうやって私に嘘を教えて、自分の信頼を取り戻そうとしているのね？　殿下たちも私に好意的だから焼きもちを焼いたのでしょ？」

「なんのことですか？　私は貴女が心配なだけで」

「もう見え見えなのよそんな嘘！」

ミランダさんの雰囲気が一変する。以前まで私に見せていた刺々しさが戻り、いやそれ以上に激しくなる。

もはや完全に私のことは敵だとしか思っていなさそうだ。私の言葉は彼女には届かないだろう。それでも言わずにはいられない。

「ミランダさん聞いてください！　ミランダさんのことが心配なだけなんです」

「また嘘を言うのね？　大体、今の私は聖女なのよ？　明確に貴女とは立場が違うのよ？　これからは口の利き方に気を付けなさい。それではご機嫌よう」

「待ってくださいミランダさん！　本当にこのままだと貴女の命が危ないんです！」

やっぱりもう私の声は届かない。諦めかけた時、救いの手を差し伸べるように、一人の声が聖堂に響く。

「ほう、それは興味深い話だね」

「アンデル殿下⁉」

「二人ともこんばんは」

聖堂の扉を開けて中に入ってきたのはアンデル殿下だった。私は直感的にラルクだと思っていたから、少しだけ驚く。

こういう時、手を差し伸べてくれるのはいつも彼だったから。そのせいか、ちょっぴり残念に思う自分に気付く。

「アンデル殿下！　来てくださったのですね！」

「ああ。ミランダの様子を見に来たんだが、面白い話をしているじゃないか」

アンデル殿下の視線が私に向けられる。

面白い話？

今の話を聞いていて、面白いと思えるの？

殿下は何気なく言ったことかもしれないけど、私は少し不快に感じた。人の命がかかっているのに、それを面白いなんて。

だけどこれは運がいい。殿下は合理的で、いつも冷静に物事を判断してくださる。殿下がいらしてくれたのなら、理性的に話ができるはずだ。

「アンデル殿下、今のお話をお聞きになられていたのですか？」

「ああ、途中からだが聞いていたよ。聖女の力にはリスクがあって、使うほどに命を削る。で、合っているかな？」

「はい。その通りです」

「なるほど。その話が事実なら深く受け止めるべき問題だ」

殿下はそう言いながら顎に手を当て考え始める。

その様子を見て、私は安心する。殿下が来てくれて、ようやく話が進められる予感がしたから。

「このまま力を使い続けるのは危険なのです」

「やめなさいアレイシア！　殿下にまで嘘を教えないで！」

「嘘ではありません！　今のまま力を使っていては、必ず近い将来命を落としてしまいます」

「ほう、命を落とすか。それは大問題だ。せっかく誕生した聖女を早々に失うことは、我が国にとって大きな損失になる」

殿下が私の意見に賛同してくれそうな雰囲気を醸《かも》し出す。殿下からミランダさんに言ってもらえれば、彼女も言うことを聞いてくれるかもしれない。

一つ気になるのは、殿下の発言があくまで彼女の身の安全ではなく、国としての利益に焦点を当てている点だが……今はそれでもいい。

彼女が自身の力を知り、リスクに気付いてくれたなら。だけど、期待した私に殿下は淡々と語る。

「彼女の話が真実なら問題だ。真実なら……それが真実であるという証拠がないように思えるが？」

「そ、それは……」

「証拠もないのに信じることはできない。彼女自身、今のところ身体に不調は感じていないのだろう？　どうかな？　ミランダ」

「はい。私は見ての通りなんともありません。彼女が妄言を吐いているだけです」

今が平気なのは、まだ聖女になったばかりだから。力を使えば使うほど命が削れて、いずれ身体に変化が現れる。

そうなった時には手遅れなんだ。私の時がそうだった。

すでに話したことは信じてもらえていない。殿下の言う通り、根拠が提示できていないからだ。

「千年前の大聖女様は若くして命を落としています。聖女は病にかかりません。あれこそ力を使い果たした末の最期です」

「確かに、大聖女様の最期に関しては諸説ある。だがそれでも決定的な証拠にはならない。真実を知るのは当時を生きた人々か、大聖女様本人だろうね」

　その本人が言っているのだから間違いない。と、言ってしまえばこの問題は解決するのだろうか。

　何を言っても疑われてしまう今、もはや解決する方法はそれしか残っていないのかもしれない。幸い、今の私にも聖女の力はある。

　本当にそれで良いのか。ずっと使わず、誰にも言わず隠していたことを。

　違う……ここで悩んでどうする？

「殿下、もしも……もし、私がその大聖女の生まれ変わりだと言ったら、信じてもらえますか？」

「――ほう」

「なっ、何を言っているの貴女！」

　ミランダさんが声を荒げ、表情は怒りを露《あらわ》にしている。大聖女はこの国の人なら誰でも知っている存在。いわばかつての英雄だ。

その人物が自分だと言うのだから、ふざけていると思われても仕方がない。ミランダさんの反応が普通だ。

アンデル殿下だけは、奇跡を目にしたように驚き、期待しているように見える。

「今の発言、本気かな？」

「……はい」

「証拠はあるのかな？　君があの大聖女様の生まれ変わりだという証拠は」

詰め寄ってくるアンデル殿下の表情は、どんどん期待を膨れ上がらせていた。私が本物だと知れば、間違いなく彼は利用するだろう。

伝説の大聖女が現代に復活したなんて、新しく聖女が誕生したこと以上の奇跡なのだから。

殿下の表情から溢れ出る期待は、私が大聖女であれと願っているようにすら見えてしまう。

これは予感より確かなものだ。今ここで真実を語れば、私が目指してきた道のりから大きく外れてしまうだろう。

薬師としての人生ではなく、聖女としての道のりに誘導されてしまう。また、あの頃を繰り返すかもしれない。

それでも、このまま彼女が命を燃やしていく様を、黙って見ているわけにはいかない。私はより多くの人を救いたくて今日まで頑張ってきたんだ。

目の前で無自覚に傷つき、いずれ後悔することを知っているのに、何もしないなんてありえない。

「証拠を……今からお見せします」

私は両手を胸の前で組み、祈りを捧げる姿勢をとる。現代に転生して十八年、一度も使わずにいた聖女の力。

今世では使わないと決めていた力を、こうして使うことになるなんて……。

だけど、悔いはない。ここで彼女を見捨てるほうが、ずっと後悔するとわかるから。

「主よ――我が手に天の光を」

たとえこの選択で、私の十八年間が無になるとしても。彼女を同じ後悔から救うことができるなら、それで……。

――違和感。

「……あれ？」

何も起こらない。祈りを捧げているのに、私の身体が光で包まれない。私は困惑し、もう一度祈りを捧げる。

しかし何も起こらなかった。聖堂は静まり返る。

「……ふっ、何も起こらないじゃないですか」

「そんなはずは！」

どうして何も起こらないのか、私には理解できなかった。何度も主に語りかけるが返事がない。

今さらになって思い出す。そういえば最近、主の声を全く聞いていなかった。力を使わずとも時折聞こえてきた主の声が、今では聞こえない。

いつからだろう。正確なタイミングは思い出せない。あるとすれば、彼女が聖女になってからか。

まさか、彼女が聖女になったことで、私の中にあった聖女の力が失われた？

そんなことがあるのかと、混乱しながら私は殿下に視線を向ける。

「殿下、これ……は……」

思わず言葉を失った。

私を見つめる殿下の視線はあまりに冷たく、言葉には出さずとも期待外れだと告

げているように見えたから。

「ふぅ……所詮は妄言だったか」

「ち、違いま――」

「もう良い。期待した私も私だ。今の発言は聞かなかったことにしてあげよう」

「……」

感謝すべきことなのだろう。伝説の大聖女を騙《かた》るなんて、この国では大罪に匹敵する。処罰されてもおかしくない。

殿下は私を、最低限守ってくださったのだ。

「君の話には何一つ信憑性がなかった。興味深い意見ではあったが、これでは現状を変えることはできない。彼女には今まで通り、聖女としての役目を果たしてもらおう。ミランダもそれで良いかな？」

「もちろんです。私は最初からそのつもりでした。この大嘘つきが変なことを言うから」

「……」

何も言い返せない。証拠は提示できず、私は大聖女を騙る嘘つきになってしまったのだから。今の私の言葉は、誰も信じてくれないだろう。

「私はそろそろ失礼するよ」

「はい。来てくださってとても嬉しかったです。殿下はまたいらしてくださいね」

「ああ、また様子を見にこよう」

私は蚊帳《かや》の外で、楽し気に話す二人。

結局、彼女を救うことは叶わないのか。自分自身の不甲斐なさに落胆する私に、殿下はさらに告げる。

「ああ、そうだった。君には先に伝えておこう。ちょうど今、宮廷の体制の見直しが検討されている。主に宮廷薬師について」

「え？　それはどういうことですか？」

「宮廷薬師の役割は、王城や宮廷に関わる人々への処方と、新薬の開発だ。後者はともかく、前者に関しては彼女が聖女になったことで必要度が大きく下がった。彼女がいれば、大抵の病は完治できるからね」

「それはそうですが……まさか！」

殿下が次に何を口にするのか、言われる前に気付いてしまった。殿下は私が頭の中で浮かんだ言葉をそのまま読みあげるように、無機質な言葉で語る。

「宮廷薬師の人員を大幅に削ろうと思っている。役割の半減に伴って、今ほどの人数を雇っておく理由がなくなったんだ。優秀な人材だけ残して、他の者たちには悪いが出て行ってもらうことになる」

「そ、そんな!」

「安心してくれ。君は優秀な人材だから残ることになる。出て行くのは他の者たちだよ」

「そういうことを……」

言っているんじゃない。私が残れるから安心、なんて思えるわけがない。

宮廷薬師の仲間たちが、必要なくなったからという理由でクビにされようとしているんだ。そんなことがあっていいのか。あまりに唐突で、理不尽過ぎる。

「殿下! どうかお考え直しを!」

「悪いが私だけの意見じゃないんだ。多くの者たちが賛同している。いずれ決定すれば、君たちの元にも通達がいくだろう」

「そんな……」

「悪く思わないでくれ。これも我が国の未来のため、不要な物は切り捨てる。それが合理的なんだよ」

殿下はそう言い残し、聖堂を後にした。呆然とする私に、ミランダさんは何か言っていた気がするけど、私は耳に入らない。

何もできなかった事実が許せなくて、悔しくて仕方がなかった。いつの間にか聖堂に一人、聖女でなくなった私だけが残っていた。

「どうして……」

こんなのは八つ当たりだ。それでも思わずにはいられなかった。

どうして主は、私を見捨てたのだろう……と。

◇◇◇

二日後、私とレン君が室長の下に呼び出された。

室長から説明されたのは、二日前に殿下から伺っていた人員の削減についてだった。どうやら正式に決定してしまったらしい。

「──というわけだ。あたしたちはもう必要ないからってね。ふざけてるよねまったくもう」

「決定なんですか？」

「あたしの所に話がきたってことはそういうことでしょ。言っとくけどあたしは反対したんだよ？　けど全然聞いてくれやしない」

「……でしょうね。上の人たちはお堅いですから」

室長の机にはお酒が置いてある。いつもなら注意するレン君も、今日は何も言わない。普段から冷静なレン君も、今日ばかりは苛立っているように見える。

「……ごめんなさい」

「ちょっ、なんでアレイシアちゃんが謝るの？」

「そうですよ。悪いのは上の人たち……でもないですか。誰も悪くはない」

「……うん」

レン君の言う通り、別に誰も悪くない。

必要なくなったから人員を削るという決定も、国の予算を無駄に消費しないためと考えれば、当たり前の決定だから。

聖女が生まれなければ今まで通りだった。だけど、聖女が悪いと言えるわけでもないし。

「室長さん、誰が残るとかはもう決まっているんですか？」

「一応ここにいる三人は確定だよ。だから先に話しておこうと思ってね」

「そうですか……後は？」

「残りは二人くらいが選ばれるって。後は全員クビになる」

たった二人？

宮廷薬師の人数は、見習いを入れたらちょうど二十人いる。私たち三人と、残り二人を合わせても五人しか残れない。

現在の人員の四分の三が解雇される。その事実にも驚いたけど、私が一番心配したのはシスティーのことだった。

彼女は正式な宮廷薬師ではなく、まだ見習いという立場だ。見習いは助手としての経験を経て正式に宮廷薬師となる。

彼女もあと半年経験を積めば、正式に宮廷薬師になれるはずなんだ。

「見習いはどうなるんですか？」

「そりゃ問答無用でクビだろうね。一番必要ないって切り捨てられるに決まってるよ」

「そんな……じゃあシスティーは……」

「残念だけど、あたしたちにはどうすることもできないね」

室長さんの声にも力がない。上の決定は絶対で、すでに意見して突っぱねられている今、本当にどうすることもできないのだ。

システィーの頑張りを一番近くで見ていたのは私だ。彼女は素直で真面目で、いつだって真剣に仕事と向き合っていた。

彼女なら必ずいい薬師になると確信していた。そんな彼女の道が、こんな形で途絶えることになるなんて……誰が予想できただろう。

「そのうちまた連絡が来るわ。それまではいつも通りにしてあげて」

「……わかりました」

「本当にごめんね。あたしにもっと力があればみんなを守れたのに」

「室長のせいじゃありませんよ」

自分を責めないでほしい。室長は何も悪くないのだから。そう思いながら、私は私を許せない。

聖女の真実を知りながら、目の前で後悔の道を進むミランダさんを止められなかった。そして直向《ひたむ》きに頑張るシスティーの未来すら守れずにいる。

情けない。なんて情けない先輩なのだろう。聖女としても、薬師としても、私は後輩を守れなかった。

この日はずっと、鬱々《うつうつ》とした気分のまま仕事を続けた。私なりに普段通りにしていたつもりだったけど、システィーも言葉数が少なかった。

彼女なりに私に対して気を遣ってくれたのだろう。そういう気遣いもできる優しい子なのに……。

そうして仕事を終えて、私は一人で薬室に残っていた。普段ならとっくに自室へ戻る時間だけど、足が動いてくれない。

落胆に続く落胆で、自分が思っている以上に疲れてしまっていたようだ。

「……何してるんだろ？　私は」

「らしくないな。アレイシア」

薬室でため息をこぼす私に、窓から声が聞こえてきた。こんな時間に薬室を訪ねてきて、しかも窓からなんて一人しかいない。

私は声がした方を振り返りながら、彼の名前を呼ぶ。

「ラルク」

「こんばんは。もう仕事は終わってる時間だろ？」

「……うん。終わってるよ」

「そうか。ならちょっと話をしないか？　今夜は特に月が綺麗なんだ。いい風も吹いてるしせっかくだから外で話そう」

ラルクからのお誘いに、私は黙って頷いた。私は彼に連れられて、王宮の中庭に移動する。みんな仕事が終わって帰宅しているから、王宮内はとても静かだ。

私とラルクは庭に生えている一番大きな木の下に入り、隣で腰を下ろす。

ラルクの言う通り、今夜は月が綺麗だった。真ん丸の月が暗くなった王宮を照らしている。心地良い風も吹いて、こうしていると多少気分が晴れる。

「いい風だろ？」

「そうだね」

「……悪かったな。すぐに会いに行けなくて」

「え？」

ラルクが口にしたのは、私に対する謝罪の言葉だった。どうして彼が謝るのかわからなくて、彼の方を振り向く。

私を見つめる彼の表情は、本当に申し訳なさそうで……そして、私を心配してくれているのが伝わってきた。

「本当はもっと早くに話をしに行きたかったんだがな。聖女の誕生で王城も騒がしくなって、俺も身動きが取れなくなってたんだ」

「それは仕方がないよ。お祭り騒ぎだったから」

「ああ。それと、宮廷薬師の件もすまなかった。俺は反対したんだが、俺以外のほとんどが肯定してたから」

「そう……だったんだ」

それを聞いて私はホッとしていた。少なくともラルクは、人員削減に反対してくれていたんだと。

私たちの味方をしてくれたことが嬉しかった。

「お前も大変だったんだろ？　ミランダと兄上に意見したって聞いたぞ」

「え、どうしてそれを？」

「二人がお前のことを話してるところに偶然立ち寄ってな。全て聞いたわけじゃないから内容までは知らないけど、お前のことを嘘つきだとか無礼者って言ってた」

「そう……なんだ」

だとしたら失望させてしまっただろう。私は聖女の名を騙った大嘘つき、ラルクも詳しく知れば怒るはずだ。

ラルクにまで見捨てられたら、私はもう……。

「何を言ったか知らないけど、俺はお前が嘘をついたとは思ってない」

「……へ？」

「嘘つきだって？　そんなのアレイシアに一番似合わない言葉じゃないか」

「ラルク？」

どうして貴方はそう言いきれるの？

アンデル殿下やミランダの話を聞いて、なんでそんなまっすぐに私のことを見てくれるの？

それじゃまるで、私のことを信じてくれているみたいじゃない。

私は期待してしまう。ラルクなら、私の言葉を信じてくれるのではないかと。

そう思ったら、悩むより先に口が動いてしまった。

「ラルクは、私が千年前の聖女の生まれ変わりだって言ったら、信じてくれるの？」

「信じるよ」

ためらいもなく、ハッキリとそう答えた。一瞬の迷いも驚きも見せずに、まっすぐ私の目を見て。

逆に私のほうが驚いてしまって、数秒言葉を失った。

「なんでお前が驚いてるんだよ」

「だ、だってそんな簡単に信じるなんて」

「簡単じゃないって。俺だってお前じゃなきゃ信じない。他の誰かに言われたって、ありえないって一蹴する。お前が言うから信じられるんだよ」

「どうして……私のことをそこまで信じてくれるの？」

信じてもらえた嬉しさよりも疑問のほうが勝る。彼が疑いもなく信じてくれる理由を私は知りたくなった。

私が質問すると、彼は小さく微笑み徐《おもむろ》に夜空を見上げる。

「なぁアレイシア、お前は覚えてるか？　俺たちが初めて会った日のこと」

「え？　それはもちろん覚えてるけど」

「……俺はさ、あの日を奇跡だと思ってるし、運命だとも思ってるんだ」

「運命……」

そう言われると、確かにそうかもしれないと私も思う。

あの日、私たちは偶然出会った。何の関わりも、縁もゆかりもない私たちが、示し合わせもなく。

まさしく運命のように。

◇◇◇

それは私が街を出て、王都にやってきたばかりの頃だった。

試験の一か月前に到着した私は、王都で安い宿を借りて、試験に備えて勉強に勤《いそ》しんでいた。

座学だけではわからないことも多い。今後のことも考えて、王都の周辺にどんな薬草があるのか知っておきたかった。

そこで私は王都から一番近くにある森へ足を運び、一人で薬草の採取をしていた。

「あった！　王都の近くにもあるんだこの薬草」

森の中は危険がいっぱいだけど、今まで何度も森に入ったこともあって怖くはなかった。むしろ探検できて楽しいと思えるくらい。

私は薬草集めに夢中になってどんどん奥に入り込んでしまった。私は失念していたんだ。慣れない森に入る時は、ちゃんと帰り道を考えることを。

「ど、どうしよう……迷った」

気付けば森の中、私は迷子になっていた。右も左も木、木、木、景色は同じで方向すらわからない。

枝が細かく葉っぱも生い茂っている場所で、空を見上げても正確な太陽の位置が見えない。

とりあえず来た道を思い出しながら戻ろうと試みるも、一向に森を出られなかった。途方に暮れる私の耳に、ガサガサと奇妙な音が聞こえる。

森の中には様々な動物が生息している。凶暴な動物だっているし、下手をすれば魔物がいることだってある。

聖女の力があろうと所詮は人間でしかない。もしも襲われたら……と不安になり、私はごくりと息を吞む。

音はどんどん近づいてきて、正面ではなく少し上から聞こえてきた。木々が揺れて、葉っぱが落ちる。

がさっと大きな音と共に、彼は飛び出してきた。

「ん？　なっ！」

「え⁉」

現れたのが男の子だったことに驚いてしまった。彼も同じだったのか、私を見て酷く驚き、空中で姿勢を崩してしまう。

そのまま着地に失敗して、右腕を地面に打ち付けた。

「っつ、ギリッギリ躱《かわ》せたか」

「だ、大丈夫ですか？」

「ああ一応な。こんなところに人がいると思わなかったよ」

見たところ大きな怪我はしていないみたい。でも彼は右腕を隠していて、よく見えなかった。

「女の子がこんな場所で一人何してるんだ？」

「あ、えっと……薬草を取りに」

「薬草？」

彼は私が首から下げていたカバンに視線を向け、採取した薬草を見てから改めて私に視線を向ける。

整った顔立ちに、身分の高そうな服装、腰には剣を携えている。見るからに一般人ではなさそうだった。

年齢は私と変わらないくらいだろうか。彼こそ森で何をしていたのか気になったが、それよりも気になったのは……。

「右腕、怪我しちゃったよね？」

「ん？　ちょっと打っただけだよ。このくらい平気だ」

「良くないよ。怪我したなら治療しないと」

「大丈夫だって。城に戻ったら見てもらえばいいし」

彼が口にした城という単語にピクリと反応する。普通の人でも、貴族の誰かでも、城に戻るなんて言葉は出てこない。それが言えるとすれば……。

「ん？　もしかして俺のこと知らないのか？」

「あ、うん、はい。遠くの街に住んでて、昨日王都に来たばかりで」

「なるほどな、田舎者だったか」

「い、田舎者って」

その言い方にはちょっと怒ってしまった。王都よりは田舎だけど、とても良い街で気にいっているから。

珍しく感情的になった私は、思わず彼に聞いてしまった。

「それじゃあ貴方は誰なんですか？」

「俺はラルク・ユースティア。この国の第二王子だ」

「……え、王子……様？」

「ああ。これが証拠」

彼は腰に携えていた剣を鞘ごと抜き、刻まれた王家の紋章を見せつけてくる。それは紛れもなく王族の印だった。

「ほ、本当に王子様？」

「そう言ってるだろ？　だから怪我のことは気にするなって。城に戻ったら治療してもらうし」

「――それは駄目だよ」

「は？」

後から思えば、私はなんて命知らずのことをしていたのだろうと思う。王子様に対して意見して、ため口をきいて。

「怪我をしたまま帰って途中で何かあったらどうするの？」

「いやそんなこと言われても」

「私が治療する。右腕を出して」

「お前が？　治療なんてできるのか？」

相手がラルクじゃなかったら、間違いなく罪人にされていただろう。出会ったのが彼で良かった。

この時の私はそんなことは考えず、目の前の怪我人を治療することで頭がいっぱいだった。

私は自分が怪我をしたときのために、傷薬を常に持ち歩いている。カバンから薬の入った瓶を取り出し、ラルクの腕を引く。

「お、おい」

「これでも私、薬師の勉強してるの。王都に来たのも宮廷薬師の試験を受けるためだから」

「薬師？　そういえばそろそろだったか。って痛いから引っ張るな」

「ほら痛いでしょ？　薬を塗るからじっとしてて」

強引な私の言うことを、ラルクは途中から素直に聞いてくれた。抵抗することなく、私に薬を塗られながらじっと見つめてくる。

その視線は疑っているというより、感心しているように感じた。

「はい。これで終わり」

「へぇ～　思ったより手際がいいな」

「だから言ったでしょ？　これでも薬師の先生には太鼓判をもらってるんだから」

「ふーん。お前凄いな。俺が王族だって知ってもその態度でいられるって」

ラルクはニヤニヤ笑いながらそう言って、私は今さらになって自分がとんでもない無礼を働いたことに気付く。

慌てて謝ろうとして頭を下げる寸前に、ラルクは私に言う。

「今さら畏《かしこ》まるとかなしだぞ？　俺は別に怒ってない。むしろ気にいったくらいだ」

「え？　気にいった？」

「ああ。治療してくれたのも怪我人を前にして放っておけなかったからだろ？　王族だからと萎縮しない度胸もある。そういう奴は嫌いじゃない」

「あ、えっと……」

褒められているのだろうか。表情を見た感じ、本当に怒っているようには見えなかった。むしろ彼は楽し気に笑っている。

「お前、名前はなんていうんだ？」

「アレイシアです」

「アレイシアが宮廷薬師の試験に合格することを期待するよ。合格したら、俺が怪我した時はお前に薬を貰いに行くからな」

「は、はい……ん？　それなら怪我をしないように注意してほしいな」

ラルクはそりゃそうだと言って笑った。

これが私と彼との出会い。偶然から始まって、宮廷薬師になってからも交流は続き、私たちは友人と呼べる間柄になった。

「懐かしいよな。あれからもう三年も経つんだ」

「そうだね。あっという間だった気がするよ」

◇◇◇

きっと楽しかったから、時間が短く感じられるんだと思う。彼と出会ってからの日々は本当に……。

「あの日、お前に出会った時も、王族だって言ってるのに物怖《ものお》じしなくてさ。強引に治療されたよな」

「そ、そうだったね。あはははは」

「あれも俺だからじゃなくて、怪我人だから、放っておけなかったんだ。お前は相手が誰でも、苦しんでいる人がいたら助けてしまう。傷つこうとしている誰かを無視できない。そういう奴だから信じられるんだ」

力強い言葉を口にして、ラルクは私と目を合わせる。まっすぐに逸らさず、私のことを見てくれていた。

「ラルク……」

「この三年、お前と関わってきたからな。お前がどういうやつかは知ってる。お前は誰かを傷つけるような嘘は言わない。絶対に言わない。お前がそうだというなら、それは真実なんだろう」

「……でも、誰も信じてくれなかったよ」

「俺は信じてる。何度も言わせるな」

信じている。信じてくれている。その言葉が私の胸に響き、堪えていた感情が溢れ出る。涙となって一緒に。

「おいおい泣くなよ」

「ごめん……嬉しくて。でも私は何もできなかったから。聖女のことも、システィーたちのことも……」

「ったく、何を一人で終わった気になってるんだ？」

「へ？」

私は涙を流しながら、下を向きかけていた顔をあげる。するとラルクは、私の頬に流れる涙を指で拭い、優しく微笑《ほほえ》みかけてくれた。

「ラルク？」

「まだ終わってないぞ」

「猶予ができたんだよ。俺が兄上に頼んで、ひと月だけ猶予を貰った。このひと月の間にお前たちが必要だという証拠を示せ。そうすれば今まで通りだ」

ラルクが語ってくれた一筋の希望。

彼がアンデル殿下に交渉してくれたお陰で、ひと月だけ猶予ができた。その間に指定の成果を見せれば、人員削減も考え直してくれるらしい。

アンデル殿下が指定した内容は、最近になって王都を脅かしている新種の病を根絶することだった。

「ひと月以内に新種の病をなくす？」

「ああ。要するに治療薬を完成させろってことだ。原因の解明とかも含めて必要になるぞ」

「それをたったひと月で……」

「難しい内容なのは俺でもわかる。期間もそれ以上は延ばせなかった。だけど俺は信じているよ。お前なら、お前たちならできると」

何度目かわからないほど、彼は私に信じていると言ってくれた。ただの言葉でしかないのに、どうしようもなく嬉しくて、勇気が湧いてくる。

とても不思議な感覚だ。さっきまで冷たくなっていた心が、いつの間にか太陽の光みたいに温かい。

指定された内容は難しく、絶対に達成できることじゃない。それでも私は、彼が期待してくれるのなら。

「ありがとうラルク。私……頑張るよ」

「おう、頑張れ。俺にできることはここまでだが」

「十分すぎるくらいだよ。後は私たちが自分でなんとかしなきゃ。自分たちの居場所は自分たちの力で守ってみせるよ」

「ははは、そうこなくっちゃな。期待してるぞ？　宮廷薬師さん」

私は頷く。彼が期待してくれている。だからこそ頑張れるし、応えたいと心から思える。

一人じゃ何もできなかった私を、ラルクが繋ぎとめてくれた。前世は聖女としてただ歩き続けた。誰一人共感できる人はなく、ただまっすぐに。

だけど今は一人じゃない。一緒に悩んで、頑張ってくれる人がいる。一人じゃないから、私は諦めずにいられる。

まだ終わりじゃない。前世と同じ失敗は繰り返さない。必ずみんなを幸せにしてみせる。そのためにまずは、自分たちの居場所を守るんだ。

第二章

意地を見せつけよう

王城の最上階には、王族が執務をこなす部屋が用意されている。

机の上に積まれた書類に目を通しながら、淡々と仕事を進めているアンデル殿下は、唐突に手を止めた。

「来たか」

彼がそう呟くと、トントントンとドアをノックする音が部屋に響く。アンデル殿下はニヤリと笑う。

「兄上、私です。ラルクです」

「入れ」

ガチャリと扉が開き、部屋に入ってきたのはラルクだった。いつになく真剣な顔をするラルクに対して、穏やかな表情のアンデル殿下。

この二人は実の兄弟であり、共に王国を支える王子の一人でもある。故《ゆえ》に単純な兄弟関係には収まらないが、仲は決して悪くない。

むしろ極めて良好と言い切ってしまっても良いだろう。

「どうしたんだ？　ラルク」

「宮廷薬師《くすし》の人員削減の件で、お話ししたいことがあります」

「ほう。その話はもうほとんど終わったはずだが？」

「わかっています。ですが、どうしても私は納得できないのです」

弟が兄に我儘《わがまま》を言う。そんな場面に近いが、立場さえなければ微笑《ほほえ》ましい光景だったろう。

「それはお前の感情から来る訴えか？」

「それもありますが、一番はこの国の利益のために」

いずれ王になる資格を持つ者として、感情だけで物事を判断することはできない。感情にのみ従い行動し、周囲を振り回すなど愚か者のすることだ。

それを理解しているからこそ、ラルクは今になって兄アンデルに意見しに来たのだった。

「国の利益か。それは聞いておかなければならないな。して、彼らの対処がなんだというのかな？」

「人員の削減は将来の我が国に悪影響を及ぼします」

「ほう。それはどうしてかな？」

「彼らの技術と力は、この国で暮らす者たちの幸福を守るために必要不可欠だからです。人員を減らせば、それだけ力を損ないます」

アンデル王子はラルクからの意見に耳を傾ける。さながら部下の報告を聞くように、うんうんと頷きながら。

「ラルク、私も彼らが不必要だとは思っていないよ？ 単に、今の人数は必要ないと思っているんだ。彼らの役割の半分は、聖女が担ってくれる」

「聖女は一人しかいません。彼女一人では背負いきれない負担が生まれた時、支える役割が必要です。それに聖女の存在は永遠じゃない。千年前の大聖女様も、若くして亡くなっています」

「そうだな。聖女がいなくなれば、また元の体制に戻すことになるだろう。だがそれでも、一時的でも経費を減らせるなら良いことだろう？」

「……」

ラルクが感じているのは兄らしさ。何に対しても合理的で、感情を用いず、ただ自らと国の利益のみを追求する。

不必要であれば切り捨てる。必要ならば土に埋まっていようと掘り返す。そんな兄の姿勢を尊敬する一方で、人を道具としか見ていないように思えることに、多少の憤《いきどお》りを感じていた。

「聖女も薬師も、物ではありませんよ」

「知っているよ。そんなことは」

「……兄上の意見はまるで、彼らを使い捨ての道具にしているように聞こえます」

「言い方が悪いな。適材適所というものだよ」

兄はこういう人なのだと、改めて実感したラルクは心の中で小さくため息をこぼす。こうなることは予想していたのだ。

ラルクにとって、ここからが勝負どころである。

「兄上の意見はもっともです。ですがやはり、彼らを失うことは我が国にとって不利益をもたらします」

「具体的にはどういう不利益かな？」

「兄上もご存じですよね？　昨今、王都中で良くない病が流行《はや》っています」

「もちろん知っている。新種の病なのだろう？　聖堂に訪れる者たちの多くがそれを患っていたと聞いた」

一月ほど前から、王都内ではある病気が蔓延していた。名前のない新しい病気、症状は重い風邪と似ているが、従来の薬が効かないという。

重症化すれば呼吸困難に陥り、最悪命を落とすこともあるそうだ。特に子供やご高齢の方にとって、命の危険を伴う病として恐れられている。

加えて現在の時期は、寒暖差で毎年体調を崩す者が多かった。そこに新病が重なったことで、国民からは不安の声があがっている。

だからこそ、聖女の誕生は彼らにとって喜ばしいことだった。

「聖堂に訪れる人は毎日増え続けていると聞きます。王都の蔓延も治まりません。このままいけば被害はもっと広がります」

「そうだろうな。早急に対策を練る必要がある」

「はい。その対策として、宮廷薬師に新薬の開発を依頼するのはどうでしょう?」

「ほう、新薬の開発か。確かにそれは薬師にしかできないことだな」

ラルクはこくりと頷き、アンデル殿下に説明を続けた。

今以上に患者が増えれば、いずれ王都中でパニックが起こる可能性が高い。その際に頼られるのは聖女の力だが、彼女も一人しかいない。

聖女の力で癒《いや》せるのは、目の前の一人だけなのだから。力は万能に近くとも、彼女自身は一人の人間。手の届く範囲には限界があり、王都の全てを抱え込むことは不可能である。

しかし薬ならば、一度開発して広めてしまえば王都中に行きわたらせることも可能だろう。

新薬の開発ができるのは薬師のみ。加えて原因もわからない病気に対しての薬となると、より難度は高まる。

この依頼を請け負うことができるのは、特に優れた技術をもつ薬師だけ。つまり、宮廷薬師だけだと。

「なら、ひと月以内だ」

「ひと月ですか？」

「ああ。短いか？　だがそのくらいの短期間で結果を残せないなら、今の人数を残しておく意味はないだろう？」

「その通りですね。私もそう思います」

短い期間を設定されるのはラルクにとって予想通り。事実、アンデル殿下の意見は正しかった。

現時点で論点になっているのは人員で、宮廷薬師の質を問うものではない。今の人数が必要だという証明にはむしろ、少人数では不可能な期間設定のほうが好都合なのだ。

「それではひと月以内に新薬を完成させ、王都の問題を解決すれば、彼らの対応も見直していただけますか？」

「良いだろう。賭けではあるが面白い。他の者たちには私から説明しておこう。薬室長にはお前から説明するんだ」

「わかりました。寛大な対応に感謝いたします」

ラルクは深々と頭を下げる。

「それでは失礼します」

そう言って彼はくるりと背を向ける。話し終え緊張が解《ほぐ》れたことで、その表情は崩れかけていた。

なんとかうまく話が進んでくれて良かったと、心からホッとしている表情である。

彼が扉に向って歩き出そうとすると……。

「ラルク」

兄の声に引き留められて、ぴくっと背筋を伸ばして固まる。まだ話は終わっていないのかと緊張が再び押し寄せ、恐る恐る振り向くと。

そこには、王子としてではなく、兄として自分を見るアンデル殿下がいた。ラルクは表情を見て一瞬で気付いた。

王子と王子、国を担う者同士の話は、さっきのやり取りで終わったのだと。

「お前にしては随分と頭を回したな」

「まるで俺がいつも考えなしに動いているみたいですね」

「違うのか？」

「違います。これでも一応考えているんですよ」

兄弟としての会話になった途端、口調も態度も砕ける二人。彼らの仲は決して悪くなく、むしろ良好だという証拠の光景だ。

「兄上は本当のところ、薬師への対応をどう思っているんですか？」

「私の意見は言った通りだよ」

「……でしょうね」

「お前こそどうなんだ？　やけに庇《かば》うのは彼らのためか？　それとも、誰か個人のためか？」

アンデル王子の突っ込んだ質問に、ラルクは目を見開いて驚く。ラルクも予想していなかった質問だった。

「本当のところどうなのかとお前は聞いたな？　お前こそ、彼らが期待に応えられると思っているのか？　ひと月で新病を根絶する……なかなかの難題だぞ？」

「そこは心配していませんよ。彼らは優秀ですからね」

「彼ら……か？　彼女が、の間違いじゃないのか？」

「う、兄上……」

もはや言葉に出さずとも、アンデル殿下が誰のことを指しているのか、ラルクも理解できていた。

国のためというのは建前で、苦しんでいるその一人を助けたい一心で手を差し伸べたことを、アンデル殿下は見抜いていたのだ。

見透かされたラルクは顔を赤くして目を逸らす。

「お前が何に、誰に期待するかは自由だがな。あまり信じすぎると、裏切られた時にきついだけだぞ？」

「ご心配には及びませんよ。俺は信じています。誰に何と言われようとも、俺が信じているものは揺らぎません」

ラルクはまっすぐにアンデル殿下を見つめながらそう答えた。直接名前は出さずとも、彼が信じる一人をこの先も信じ続けるという宣言。

これを聞いたアンデル殿下は小さくため息をこぼし、徐《おもむろ》に窓の外を見る。

「……そうか。お前は期待しているのだな」

「兄上だって、本当は期待しているんじゃないですか？」

「期待……か。それはつい最近、裏切られたばかりなのでな」

「ならその期待を、俺が取り戻してみせますよ」

自信満々に言うラルクに、アンデル殿下は呆れたように笑う。

◇◇◇

夜にラルクと話した日の翌日。私を含む宮廷薬師全員が、室長さんの執務室に集められた。

二十人も一つの部屋に集まると窮屈で、こんなにいたのかと改めて人数の多さを実感する。と同時に、この中のほとんどが解雇になる現実を、どうしたって受けいれられない。

室長さんはおほんと一回咳ばらいをして、話を始める。

「急に集まってもらってごめんね。今日はみんなに大事な話がある。まずは聞いてほしい」

神妙な面持《おもも》ちで語られたのは、私たち宮廷薬師の人員削減についてだった。聖女の誕生によって私たちの役割が減ったこと。それによって現在の人員から四分の三を減らす考えがあること。

「そ、そんなぁ……」

「私たちはクビになるってことですか」

「あんまりじゃないですか！」

「誰が残るんだ？　もうそれも決まっているんですか？」

当然、不安や不満の声が溢れてくる。理不尽に突きつけられたクビ宣告。誰が残るのかという部分で、自分以外を敵視するようになる。

元々、宮廷薬師の仕事はそれぞれが一人でこなしていた。同僚であることは意識していても、深い仲間意識なんてない。

必要なら他人を蹴落として残りたい、そう思う人もいるだろう。

そうなる前に、室長さんからあの話が持ち出される。

「落ちついて！　まだ決まったわけじゃない！　現状の人員のまま続けられる可能性も残っているわ」

「ほ、本当ですか？」

「どうすればいいんです？」

「はいはい。今から説明するからちゃんと落ちついて」

騒がしい雰囲気を一先《ひとま》ず落ちつかせてから、室長さんは説明を始めた。

私がラルクから聞いていた条件。ひと月以内に新薬を完成させ、王都で広がっている病を止めること。

それができれば、人員削減について再検討してもらえることを。

「――以上が私たちが全員で生き残る条件よ。ラルク殿下が上に働きかけてくれたお陰で希望が残ったの」

「ラルク殿下が……いやしかしひと月か」

「なかなかに難題だぞ？　王都で広まっている病は原因もわかっていないのだろう？　今から調査して間に合うのか？」

「無茶な要求をして、我々を諦めさせようとしているんじゃないか？」

私たちに差し伸べられたのは救いの手ではなく、か細い一本の糸でしかない。難しい要求を前にして、皆は不満を漏らす。

突然の解雇宣言で動揺してしまっていることも相まって、与えられた唯一の希望すら信じられなくなっていた。

やっぱり無理なんじゃないか……と。そんな声が聞こえた時、私の口は勝手に動いていた。

「私は！」

思わず出してしまった声は大きくて、全員が私に注目する。十九人の視線を一気に浴びて、自然と背筋が伸びる。

声を出したことに多少の後悔はしつつも、言いたいという気持ちが膨れあがって、もう止まれない。

「私は、ここにいる皆さんで協力すればできると思っています。だからラルク……ラルク殿下も期待して、私たちに希望を残してくれたのではないですか？」

「アレイシアちゃん」

「先輩……」

「私はその期待に応えたい。何よりも、ここにいる誰もが必要なんだって信じています。だから、やる前から諦めないでください！」

ラルクが用意してくれた希望、その確かな期待に私は応えたい。私たちならできると信じてくれているから。私たちを信じてくれた彼が間違っていないことを証明したいんだ。

ここにいるみんなのためにも。頑張っている人たちだと知っているから。何より私自身のためにも、諦めたくないと思う。

そんな思いに同調して、室長さんが口を開く。

「これは室長としての意見だ。あたしが選んだみんななら、これくらいの課題はクリアできる。ここにいる全員、あたしが認めた薬師なんだからな」

「室長さん……」

「ありがとう、アレイシアちゃん。ねぇみんな？　若い子にここまで言わせてるんだよ？　このまま逃げていいの？」

「……そうですね。諦めるには早すぎますよね」

一人が頷き、また一人と真剣な表情を見せる。諦めていた彼らが次々と、その瞳に光を灯す。

「やってやりましょう！　宮廷薬師の意地を見せつけてやりますよ！」

「私も頑張りますよ！」

「ああそうだな！　聖女様には悪いが、我々も捨てたもんじゃないと思い知らせてやらないと！」

「皆さん……」

やる気に満ち溢れた声で部屋が溢れかえる。

ラルクから託された希望……なんとか繋ぐことができてホッとする。そんな私の肩を室長さんがトンと叩く。

「頑張らなきゃね」

「はい」

そうだ。頑張らなきゃいけない。

ここからが私たちの本番。今はまだ、崖っぷちに立たされている状況は変わっていないのだから。

全員の士気が高まり、難題に挑む決意を固めた私たちは、さっそくやることの整理から始めた。

室長さんから状況と今後の工程について説明される。

「目標は新薬を開発すること。そこでまず必要なのが、王都で流行っている新病について知ることだね。症状はもちろんだけど、原因がわからないと対処もできないからね」

薬を作るにはまず病気について知らなければならない。今回の難点は、これが新病だということ。

　原因のわからないままでは薬も作れない。そこで私は室長さんに提案する。

「実際に感染した方に話を聞きに行きましょう。王都にいる薬師やお医者さんからも情報を仕入れるのはどうですか？」

「うん。それが一番手っ取り早そうね。まずは聞き込みから原因の究明ね。全員が出払うわけにもいかないし、あたしとレン、あと二人くらいは残って通常業務をしてもらうよ。んで外のほうは、アレイシアちゃん、貴女が指揮してね」

「え、私がですか？」

　室長さんはこくりと頷く。王都で調査をする際に指示を出したり、状況をまとめたりする役割を私にやってほしいという。

　こういうのは普通、年長者や経歴の長い人が任せられると思っていた。驚いた私は改めて聞き返す。

「私でいいんですか？」

「貴女が適任よ。みんなもそう思うでしょ？」

　室長さんが他の薬師たちに尋ねると、全員が肯定的な表情で頷いてくれた。誰も反対意見はないようだ。

「アレイシアちゃんの一声でみんなやる気になったんだよ。このまま貴女が引っ張ってあげて」

「……はい！　全力で頑張ります！」

「うん、任せたよ！　みんなも全力で協力してあげて！　あたしたちの存在意義を証明しよう！」

「「「おおー！」」」

◇◇◇

新薬を開発するため、私たちは行動を開始した。

室長さんとレン君を含む四人を除き、残りの全員が王都の街に繰り出す。王都中で広がる新種の病について調べるために、これから聞き込みを始める。

街の中心にある広場まで移動した私たちは、ここで各方向に散らばって聞き込みをすることにした。

「夕方、日が沈む前に一度ここで集まりましょう。それまでに何かあった場合は、直接王宮に戻っても構いません」

「聞き込む相手は一先ず薬師と医者優先でいいんですね？」

「はい。専門的な情報を持っている方を優先してください」

「わかりました。それじゃ」

「はい。皆さんよろしくお願いします！」

私の一言を最後に、それぞれが別々の方向へ歩き出す。私とスティーはみんなが見えなくなるまで見送ってから出発する。

「私たちも行きましょう」

「はい」

王宮で働いていると、王都の街を歩く機会はあまり多くない。素材の仕入れも基本的にはやってくれるし、わざわざ買い揃える必要もない。

休日も出歩くことが少ない私にとっては、こうして街中を歩くだけでも新鮮に感じる。

ただ、そんな私でも感じる違和感はあった。ここは王都、この国で最も栄えている街なんだ。現在の時刻は正午前、本来なら人でごった返していても不思議じゃないのに……。

「出歩いている人が少ない……」

明らかに人通りが少ない。もちろん全く歩いていないわけではないし、お店もちゃんと営業している。しかし予想していたよりもずっと静かだった。

これも病が蔓延している影響だろうか。だとしたら私たちの進退以前に、なるべく早く解決したい問題だ。

いや、問題というならもう一つ、王都の様子よりもずっと心配なことがあった。

私の斜め後ろを歩く彼女、システィーの元気がない。いつも元気いっぱいで明るい彼女が暗い表情をしていた。

「システィー？　大丈夫？」

「え？　何がですか？」

「元気がないように見えるから、どこか身体の調子でも悪いのかと思って」

「あー、別に元気ですよ？　見ての通り元気いっぱいです！」

システィーは両腕をぐるんぐるん回して元気さをアピールしてくる。だけど私には無理をしているようにしか見えなかった。

笑顔もぎこちなくて、ひきつっているように見える。空元気《から》なんて見てしまったら余計心配になってしまう。

「本当に大丈夫なの？　無理してるなら帰っても」

「それは駄目です！」

システィーは大声で力強く否定した。あまりに強く否定するから、私も驚いて気持ちが後ずさる。

「システィー？」

「あの……その……ごめんなさい大きな声を出して」

「それはいいけど……本当にどうしたの？」

「……あははは、やっぱり先輩には隠せないですね」

彼女は諦めたように笑ってから、お腹の前で手を合わせて話し出す。

「私……実は先輩たちの話、聞いてたんです」

「え？　話ってまさか、あの時の」

「はい。聞くつもりはなかったんですけど聞こえちゃって。先輩とレン君が室長さんと話してるのが……」

そうだったのか。なら彼女はとっくに知っていたんだ。宮廷薬師の人員を減らすことも、自分がその対象であることも。

思えば確かに、あの日以降からシスティーの元気がなくなっていったように思える。先輩なのに気付けなかったなんて情けない。

「ごめんね、システィー」

「な、なんで先輩が謝るんですか？　先輩はなんにも悪くないですよ！　先輩がいてくれたからきっとラルク殿下も動いてくれたんですよ？　今があるのも先輩のお陰なんです」

「システィー……」

「謝らなきゃいけないのは私のほうですよ。私……ずっと先輩に支えてもらってばかりで。今だってそうです。先輩なら何もしなくても王宮に残れるのに……私たちを守るために。私、何もできなくて……ホント自分が情けなくて」

ポツリ、ポツリ……と。彼女の瞳から流れた涙が一直線に落ちて地面を濡らす。涙はどんどん溢れ出て、大雨みたいに頬を濡らした。

「ごめんなさい先輩……私、迷惑ばっかりかけて。何の役にも立てなくて」

「そんなことないわ！　迷惑なんて思ってない。私もシスティーにいてほしいの」

「で、でも……見習いの私なんていても……」

「ううん。システィーだからいてほしいの。システィーが頑張ってることは私が一番知ってるから」

私は涙で濡れる彼女の頬に優しく触れる。

役に立っていないなんて言わないでほしい。いつも元気で明るく、何に対してもまっすぐに向き合う姿勢を尊敬している。

努力を積み重ねている姿も見てきた。

彼女は気付いていないと思うけど、一人でこっそり薬室に残って、勉強をしていることだって知っているんだから。

「頑張っている人が隣にいる。それだけで私も頑張らなきゃって思えるの。システィーがいてくれたから、私も今に満足しないで歩いて行けるんだよ？」

「先輩……本当……ですか？」

「うん。システィーはいい薬師になるってずっと思ってたんだから。こんなところで躓《つまず》いてちゃ駄目よ」

「せ、先輩……先輩！」

抱き着いてくるシスティーを受け止める。彼女は私の胸の中で溢れ出す涙を止めることなく、子供みたいに大泣きした。

私は彼女の頭を優しく撫でながら思う。

頑張っている人が必ず報われる。そんなこと絶対じゃない。ただの理想に過ぎないのだけど、努力を見ている人ならば、報われてほしいと思うのが当たり前だ。報われてほしいから、困っていたら手を差し伸べる。もしかしたら、ラルクもそう思ってくれていたのかな。

彼女が泣き止み、落ち着くのをしばらく待った。街の真ん中で抱き着かれて、泣いている彼女を慰める。

目立つことをしてるし、通りすがりの人には二度見される。事情が事情なだけに恥ずかしさはないとはいえ、人通りが減っていて良かったとは思う。

「ぐすん、ぅ……」

「もう大丈夫？」

「はい。お騒がせしてすみませんでした」

「別にいいのよ。本当につらくて苦しい時は無理せず泣けばいいんだから」

苦しいのを我慢して、堪え続けたところで……その先に待っているのはさらなる苦しみだけだ。

私はそれをよく知っている。たった一人で誰にも打ち明けられず、孤独に戦った前世の私が、まさにそうだったから。

あの時の私には、つらい時に思いを打ち明ける相手がいなかった。だからこそ、システィーを放っておけなかったんだと思う。

「もう、大丈夫です！　聞き込み頑張ります！」

「まだ駄目、目が真っ赤よ？　そんな顔で聞き込みなんてしたら、相手に心配されちゃうわ」

「うぅ……ごめんなさい」

「ゆっくり行きましょう。時間はまだあるんだから」

そう言いながらも多少の焦りを感じていた。ひと月は長いようで気付けばあっという間に過ぎる時間だ。

せめて原因さえ突き止められればいいのだけど……。

その後、私たちはゆっくり歩きだし、近くにあった街の薬屋さんに立ち寄った。

王都の街には複数の薬屋さんがある。

病院と併設している薬屋さんもあるけど、今回見つけたのは比較的小さなお店だった。

お店の扉を開けると、来店を知らせるベルがカランカランと鳴り響く。入ってすぐに受付があって、音を聞きつけた店員が慌てて顔を出す。

「いらっしゃいませ。本日はどのような……え、その服装って」

受付に出てきた女性は私たちの服装を見て固まる。この街で暮らしていて、この服装に気付けない人は少ない。

「王宮の方ですよね？　ど、どうしたのですか？」

「突然すみません。私は宮廷薬師のアレイシアと申します。こっちは助手のシスティーです」

「こんにちは！」

「こ、こんにちは……薬師さんだったんですね」

宮廷薬師がお店にやってくることなんて滅多にないだろう。対応してくれた女性も酷く戸惑っている様子だ。警戒されているとも言える。

「そ、それで一体どのような用件でこちらに？」

「はい。少々お聞きしたいことがございまして。最近になって街で広まっている新種の病について情報を頂きたいのですが」

「は、はぁ……でしたら店主をお呼びしますので、少々お待ちいただけますでしょうか？」

「はい。よろしくお願いいたします」

「かしこまりました。では呼んでまいります」

女性はお辞儀をして奥へと入っていく。その様子を見送りながら、隣で見ていたシスティーが耳元で囁《ささや》く。

「なんだか緊張しますね」

「向こうのほうがよっぽど緊張してると思うけどね」

「ですね。あ、いらしたみたいです」

足音が聞こえて改まる。

女性に変わって受付にやってきたのは、白髪交じりのお爺さんだった。服の胸の部分に薬師と書いてある。

この人が店主さんで、このお店の薬師さんで間違いなさそうだ。

「お二人が王宮から来た薬師さんだね？」

「はい。私はアレイシア、こっちはシスティーです」

「私が店主のダイマーです。それで王都で流行ってる病気について聞きたいということでしたが？」

「はい」

それから私は店主さんにいくつか質問を投げかけた。新病の症状について、種類や経過。いつ頃から広まったのか。

「症状は重めの風邪と変わらんよ。いつ頃からと言われてもねぇ。そういう症状だから、最初は毎年この時期に増える風邪だと思ってたんだ。それで薬がてんで効かなくてね」

「最初に気付いたのはいつ頃でしたか？」

「うーん、やっぱり一月前くらいだったかな？　最近じゃうちに来る人たち全部それなんじゃないかと思うくらい増えてるよ」

「一か月前……」

となると、実際に流行り出したのはもう少し前だろう。二か月か、もっと前かもしれない。

私は思考を回らせながら、続けて質問を口にする。

「処方している薬を教えてもらってもいいですか？」

「いいですよ。といっても全部よく知られている風邪薬なんですがね」

そう言って薬の種類をリストアップして、私とスティーの前に提示してくれた。

これまでこの薬屋さんで処方した薬たち。

店主さんの言う通り、どれも珍しい薬ではなく、風邪を引いたり熱っぽい人に出す薬がほとんどだった。

「処方しても全く効果はなかったんですか？」

「いいえ。聞いた限りだと、一時的には改善するようですね。ただすぐに症状が出てしまうからその場しのぎにしかなりません」

「薬の量を増やしても？」

「変わりませんね。効果は出てもいずれ消えて、また症状が再発……という流れが続きます。体力のない人はこれに耐えられずに」

老人や子供は特に命を落としやすい。店主さんの話だと、このお店に通っていた方でも亡くなった人が数名いるそうだ。

全員お年を召していて、病気に対する抵抗力が弱かったからだと店主さんが教えてくれた。

「そうですか……他に何か変わったことはありませんでしたか？　街の人だけじゃなくて街全体で」

「うーん、特に変わりはなかったと思うんだがね。毎年今の頃は気温差のせいで体調を崩す人が大勢いる。今年もそれだと思っていたし、気にしてもいなかった」

「そう……ですか」

「ああ、そうだ。重症化した人の中に、身体に痣《あざ》ができた人がいたよ」

店主さん曰く、重症化した人の全員がそうなるわけじゃないというが、手足の先端が紫色に変色していた人がいたそうだ。

「症例数が少ないから、偶然かもしれないんだがね」

「痣……ですか」

「知っているのはそれくらいだ。力になれなくてすまないね」

「いえそんな！　貴重な情報を教えていただけただけでありがたいです。ありがとうございました！」

私が頭を下げると、それに合わせてシスティーも頭を下げた。

具体的な原因まではわからない。だけど、処方された薬に効果がなかったわけじゃないことは知れた。痣のことも含めて、小さいけど一歩進めたのは確かだ。

私たちが頭を上げると、店主さんは不思議そうな目で私たちを見ていた。

「どうしましたか？」

「いやね、驚いているんですよ。宮廷薬師と言えばエリートでしょ？　そんな人たちが私どもに頭を下げているなんて。正直、あまり良い印象はなかったのですが……貴女たちみたいな人もいるんですね」

「痣？」

「それは……同じ薬師ですから。苦しんでいる人のために薬を作る。どこで働いていても、私たちのやることは同じです」

「そうですね。まったくその通りだ。若いのに私よりしっかり薬師の顔をしている」

薬師の顔……そんな風に言ってもらえたのは初めてで、なんだか恥ずかしい。店主さんは温かな視線を向けながら続ける。

「また何かあったらいらしてください。私で役に立てることなら協力します」

「ありがとうございます！」

「こちらこそ。お身体には気を付けてくださいね」

「はい。ダイマーさんも」

互いの身体を気遣い、私たちは店を出た。入った時と同じベルの音を背に、改めてお店を見つめる。

「いい人でしたね」

「うん。薬師になる人って、みんな優しいんだと思うよ」

「私もそう思います！　先輩なんて特にそうですから！」

「システィーもね」

誰だって生きるために自分事で精一杯になるだろう。そんな中で薬師になる人は、他人の人生に関わろうとする物好きなんだ。

いい意味でおかしな人たちで、優しい人たちばかり。王宮で働く人たちもそうだから、一緒に働いていたい。

「じゃあ次へ行きましょうか」

「はい！」

その後、私たちは街の薬屋さんや治療院を次々に回っていった。道中、営業しているお店にも立ち寄って街の変化を聞いたりもして。

あっという間に時間が過ぎて、気付けば西の空にオレンジ色の光が沈んでいく様子が見えていた。

私たちは急ぎ足で集合場所に移動する。すると、すでに他の方たちは集合していて、私たちが最後だったらしい。

「遅くなりました」

「ああ、お帰りなさい。ちょうどこれで全員だな」

「そうみたいですね。じゃあ一旦王宮に戻りましょう。話は室長さんたちも一緒のほうがいいですから」

「わかりました」

情報を共有したい気持ちもあったけど、夕日が沈んで暗くなっていく空を見て、先に王宮へ戻ることにした。

集まった人たちの表情を見る限り、みんな悪くない顔をしている。ただ、はしゃぐわけでも、喜んでいる感じでもなさそうだ。

なんとなく結果を察しながら帰路につき、室長さんの執務室に集合した私たちは、街で得た情報を交換し合った。

結論から言ってしまうと、大した情報は得られなかった。有力と言える情報は、処方された薬についてくらい。

それでもみんなの表情が穏やかだったのは、街の薬師やお医者さんがとても協力的で、街のことを考えて動いていることに感謝してくれたからのようだ。

街で働く人たちの協力が得られる。一先ずそれだけでも良かったと思いたい。

ただ、肝心の病気の原因にたどり着く情報は……。

「わからずじまいってことだね」

「はい。街の薬師さんたちもそれで困っているようでした」

「なるほどぉ……状況はおんなじってことか。他に何か言ってなかった？　些細なことでもいいんだけどさ」

「私のほうでは特に」

最初に聞いた話以上の情報は得られなかった。街の様子も、例年と変わらない寒さが続いていて、気候的な要因でもなさそうだ。

他の方々も同様で、病気に関係するような変化は聞けなかったという。でも最後に、一人の女性薬師がこんな話を聞いたという。

「そういえば、全然関係ないとは思うんですけど、街で話していた奥様方がこんな話をしてました。王都から一番近い森の中に、見たことのない綺麗な花がたくさん咲いていると」

彼女は病気のことを聞きたくて、道端で世間話をしていた二人の女性に声をかけたそうだ。

気前よく色々話してくれたのは良かったけど、よく話が逸れてしまうみたいで、聞きたいことを話してもらうまで時間がかかったとか。

その二人が話している中で、去年と違う変化の話題になり、森の中で咲く花の話題が上がったという。

王都から一番近い森と言えば、私がラルクと初めて出会った場所だろう。あそこには湖があって、そこに繋がる川は王都まで続いている。

「すっごく綺麗な花だけど、この辺りでは見たことない花らしくて――ってこんなの関係ありませんよね？」

「あの！　花の種類とかわかりませんか？」

「え？」

「先輩？」

私だけが、彼女の話に勢いよく反応した。話してくれた本人も含めて、全員がキョトンとして私を見る。

勘違いかもしれない。だけど、花という単語と湖、その湖の水が王都まで流れてきていることが気になった。

それに、最初私たちに情報をくれたダイマーさんのことを思い出す。彼は確か、重症化した人の中に痣ができていたと話してくれた。

その痣の色は……紫。単なる内出血だと思っていたけど――

「は、花の種類まではわからないです。紫色の花で、湖の周りにたくさん生えているとしか」

「紫色……その花の実物ってどこかにありませんか？」

「えっと、採取してもすぐ枯れちゃうみたいで。お店にも出回ってないみたいです」

「そうですか……だったら直接見に行ったほうがいいかも」

紫色の花で、採取してもすぐ枯れてしまうことも特徴。私が考えている通りなら、その花の名前は……。

「――紫炎華《しえんか》」

「紫炎華？　その花の名前なの？」

「はい。もしかしたら王都で広がっている病の原因かもしれません」

「なんだって？　詳しく説明してくれるかな？」

私はこくりと頷いて、みんなに紫炎華について説明する。

なぜそう思ったのか。花のことを知っているのかは話せない。なぜならそれは、私の前世に関係してくるから。

私が前世で最期を迎える直前、とある街で病が蔓延していた。症状はただの風邪だが改善が難しく、薬も効かなかった。

重症化すると呼吸が難しくなり、最悪の場合は死に至る。その特徴として、重症化した人には紫色の痣が現れた。

病の原因は、とある花だった。紫色の綺麗な花弁が特徴的で、当時から珍しい種類でもあった。その花の名前は「紫炎華《しえんか》」という。

紫色の燃える炎のような模様が花弁についていることから名づけられた。

私はあの頃を思い返しながら、花についての情報だけをみんなに伝えた。

「その花が原因って、毒素でも持っているの？　聞いたことない花なんだけど」

「はい。一般的にいう毒素とは違いますけど、人体には影響があります」

「人体には……つまり、他は平気ってこと？」

私は頷き説明を続ける。室長さんたちが知らないのは、現代でも希少な花だからだろう。千年前に原因がわかった時も、私の命がつきる直前だった。

当時のことを記載した資料も残されていなかったし、その街以外では広まらなかったから、注目もされなかったのか。

私が覚えているのは、彼らを助ける途中で命を落としてしまったから。助けられなかった後悔を何より感じていたからだ。

「作物にとっては良い栄養になります。ただ、その作物を食べた人間には悪影響があります。毒素は少ないですが、長く摂取し続けると症状が出ます。毒素が混ざった水を飲んでも同じです」

「なるほどね。そういえば患者は王都の住民ばかりだったね。湖の水は川を流れて王都の水路に……」

「それで毒素が回ったんだと思います。薬を飲んでも、毒を含んだ水を取り続けるから症状は悪化し続けます」

「そういうこと……アレイシアちゃんの話が本当なら、その花を処分すれば蔓延は治まるんじゃない？」

　室長さんの言う通り、花さえなくなればこれ以上病が広がることはない。それに原因である花を採取できれば、そこから治療薬も作れるはずだ。

「ただ今のところ予想でしかありません。実際に行って確かめないことには……室長さん、明日調べてきてもいいですか？」

「いいけど王都の外なら外出許可がいるわね。さすがに全員は無理だから、システィーは――」

「私も一緒に行きます！」

「でしょうね。だったら二人に任せるわ。事実確認さえできたら、上の人たちも動いてくれるでしょ」

「はい！」

私の予想が合っていれば、ひと月もかからず問題を解決できる。違った時はまた振り出しに戻るだけ。

予想通りであってほしいと、今から祈りを捧げたいくらいだ。聖女の力をなくした今でも、私の祈りは届いてくれるかな？

「他のみんなは聞き込みの続きね。森のほうは二人に任せるわ。たぶん当日は護衛を付けることになると思うからそのつもりでいてね」

「はい。わかりました」

護衛の人が同行してくれるのか。森へ入るのは久しぶりだし、システィーも一緒だからありがたい。いざという時に私じゃ彼女を守れないから。

誰が来てくれるのかな？

◇◇◇

翌日。私とシスティーは早朝に集まり、王都近郊の森へ向かって出発した。並んで歩く二人と、もう一人が一緒だ。

「なんでラルクが一緒なの？」

「護衛が同行するって話を聞いてないのか？」

「聞いてるけど、護衛は？」

「それが俺だよ」

ええ……と心の中で呟いた私に、ラルクはムスッとした表情で返す。

「なんだその反応は？　俺じゃ不服か？」

「不服とかじゃなくて、良かったの？　ラルクはほら、一応王子様でしょ？」

「一応ってなんだ。言っとくがちゃんと理由はあるんだぞ？　これから行く場所は毒の原点かもしれないんだろ？　そんな場所に兵を何人も連れていけない」

「だったら余計に来ちゃ駄目なんじゃ……」

仮にも王子様に何かあったらどうするつもりなのか。普通に反対されたと思うけど大丈夫なのかと心配する。

「俺は大丈夫だ。いざとなったら隣に腕のいい薬師がいるからな。信用しているからこそ俺が行くと言った。反対はされたけど、兄上が推してくれたよ」

「アンデル殿下が？」

「ああ。お前がそう言うなら行けばいい。その代わり、何かあった時の責任は、一緒に同行した者たちが取ることになるぞって」

「そ、それって……」

ラルクに何かあったら私とスティーが罰を受けるってことじゃ……。

「勝手に決めて」

「怒るなよ。何かあるなんてありえない。俺が信じてるお前ならな」

「……無茶苦茶だよ、それ」

「かもな」

ラルクが笑ってくれると、なんだか心がほわほわして心地いい。勝手にそんな約束をされたのに、許してしまえるほどに。

そもそも今さらだ。ラルクがアンデル殿下に口添えしてくれなかったら、私たちは運命を甘んじて受け入れるしかなかった。

彼がいてくれたお陰で、こうしてみんなで幸福になれる道を進める。

「なら行くよ」

「おう」

「私のことも忘れないでくださいよー」

「忘れてないって。スティーは今日も元気だな」

三人で並んで森へ向かう。

森へ入り目的地に向かう途中で、私から二人に紫炎華について説明した。

紫炎華はとても希少な花だ。その理由は、育つ環境が極めて限定的であることに。一日のうち二時間だけしか、日光に当たってはならない。二時間を超えてしまうと、花は開かず育たない。

仮に二時間に満たない日が続いても、他の花たち同様に枯れてしまうだけだ。

この条件でしか育たない花は、自然の中で育つには厳しすぎる。故《ゆえ》に私が聖女だった頃も、幻の花とさえ呼ばれていた。

希少だからこそ、知られていないことも多い。含まれる毒素について知ったのも、私が命を落とす直前だった。

最初に気が付いたのは一人の研究者だった。彼が知り、他の研究者に託して死んだ。命を繋いで、紡いで、原因がハッキリする頃にはもう遅かったけど。

どうして現代にそれが知られていないのか。最初は疑問だったけど、昨日の夜に改めて調べていくうちにわかった。

あの病が広まったのは当時の王国、それも一部の地域だけだった。弱っている所を他国に知られたくない。そして、自分たちだけが原因を知っているという状況を好機と考えたのだろう。

結果、国内のごく一部のみで情報は限られ、広まらなかった。

「助け合わなかったから、今も続いている。それは間違ってる」

「それはお前の昔話か」

「うん。忘れられない後悔の話だよ」

「そうか。なら今度は……後悔しない道を行こう」

ラルクの言葉に、私は力強く頷いた。そうして彼の案内で迷うことなく森を突き進み、たどり着いた。

一面に咲く、紫色の花畑へ。

「綺麗……」

システィーが思わず声に漏らすほど、その花畑は幻想的で美しかった。

湖の周囲は背の高い木々で覆われ、南側には崖が聳《そび》え立っている。湖周辺の日差しは崖と木々が遮っている。今の時間はちょうど、一日の中でも日光が花に当たるタイミングだったようだ。

極めて限定的な条件下でしか育たない毒の花。奇《く》しくもその条件を満たす環境が、私たちが生活する街の隣にあったなんて。

「アレイシア、これが言っていた花で間違いないのか？」

「うん。紫炎華だ」

見た目の特徴は一致している。なにより前世の記憶と重なる。忘れるはずもない後悔と一緒に。

私は急ぎ足で花畑に近づき、腰を下ろして花びらを確認する。

「触れても平気なのか？」

「大丈夫だよ。口から入らない限りは影響しないから」

紫色の花びらには、燃える炎のような模様が見てとれる。間違いなく紫炎華、しかもかなりの本数が育っている。

私は湖の様子を確認した。湖の水がほんのり紫色に変色している。よく目を凝らさないとわからない程度の色だけど、毒素がにじみ出ている証拠だ。

湖の水は川に流れ、そのまま王都まで続いている。王都に届いた水は水路を流れ、人々の生活水になる。

飲み水であり、畑の水にもなっているなら、摂取し続けることで症状が進行してしまう。

「これが原因だよ。間違いなくね」

「だったらこの花を全部抜いちゃいましょう！　そうすればもう広まりませんよね！」

「待ってシスティー、花弁は治療薬に使うから残さないと駄目。それに抜くなら根っこから完全に抜いて、土も入れ替えなきゃいけない」

「流れている水もだな。一旦水路を閉じないと。花を抜いてもしばらく危険だ」

ラルクの言う通りだし、他にもやることがたくさんある。

原因がわかって明確に何をすべきか定まった。簡単じゃないし、大掛かりな仕事になりそうだ。

「ねぇラルク、兵隊さんたちに動いてもらうことってできるのかな？　この花畑の対処をお願いしたいんだけど」

「今のままじゃ無理だな。根拠が薄い」

「そうだよね。やっぱり先に治療薬を作って、その効果を証明してから動いてもらうしかないかな」

「ああ。ただ水路の閉鎖は進言しておくよ。可能性の段階でも、民に危険が及ぶかもしれないなら捨て置けないからな」

大掛かりな対応のほうは私じゃできない。ラルクにお願いするとして、先に治療薬を完成させる。

「システィー、花弁を採取してくれる？」

「花弁だけでいいんですか？」

「うん。茎からちぎったり根っこから抜くとすぐに枯れちゃうの。花弁だけ採取して、水の中に浸けて保存すれば長持ちするから」

「わかりました！　できるだけたくさん取りますね！」

「俺も手伝うよ」

私たちは三人で花弁を取れるだけ取って、そのまま王宮の薬室に戻った。

◇◇◇

湖で採取した花弁が入った瓶が机の上に並んでいる。

王宮に戻った私は、湖で見たものを室長さんや他の薬師たちに伝えた。紫炎華が原因で間違いないと。

それを元に、治療薬の開発を始める。

まずは紫炎華の成分を調べて、何が含まれているのかを把握する。それを元に治療薬に必要な材料をリストアップして、調合を試す。

普段なら全ての工程を一人でするのだけど、今回は宮廷薬師全員で取り組むことになった。

通常ならいくつも試さなければならない工程がある分、長い時間と根気のいる作業だ。

それも複数人で、しかも優秀な薬師たちが担当しているから、通常の何倍も早く開発が進んでいく。

一番問題となる効果の検証については、街の薬師さんやお医者さんたちにも協力してもらい、患者さんの中で協力してくれる人を募ってくれることになった。

被験者探しは難航すると思っていたら、こういう時に宮廷薬師という名前はとても便利らしい。

宮廷薬師ならきっと優秀な人たちだから信用できる。そう思ってくれた人が少なからずいてくれたお陰で、被験者の問題も解決した。

あとはもう開発に集中するだけだ。薬が完成して効果が証明できれば、街の人たちがみんな元気になる。

ひと月未満で原因を突き止め薬を完成させるなんて、今の人数がいなければ実現できない。

　この成果を見てもらえれば、上の人たちも考えを改めてくれるはずだ。

　幸福のゴールが目に見える所まで近づいている。多少無理をしてでも、一日でも早く完成させなければ。

　そんなことを考えながら数日、朝から晩まで薬室に籠って研究に勤しんでいた。

　大変ではあるけど苦には感じない。むしろやりがいのほうが強くて、疲れも気にならないほどだ。

　そうして新薬の完成は一歩ずつ近づいていった。

「システィー、もうそろそろ終業の時間だから」

「あれ？　もうそんな時間ですか？」

　窓の外はオレンジ色の光に包まれている。私もシスティーも、仕事に夢中で時間を忘れがちだ。

「今日はここまでね」

「えぇ……でもあとちょっとですよ？」

「そうだけど、無理したら室長さんに怒られるわ。みんなで頑張ったお陰で早く完成しそうだし、休める時は休まなきゃ」

「はーい……」

　システィーは私の助手として夜遅くまで仕事を手伝ってもらったりもした。自分から残ると言ってくれたし、嬉しいことだけどこれ以上無理はしてほしくない。

　彼女自身は気付いていないと思うけど、疲れが見え始めているから。

「じゃあお疲れさまでした！　明日もよろしくお願いします！」

「うん。お疲れさま」

　システィーが薬室を出て行く。私もすぐに出ようとして、不意に机の上に視線を向けてしまった。

　彼女が言った通り、もう少しで完成する。

　もう少し……もう少しで。

「……ちょっとだけ進めちゃおうかな」

　自分でも悪い癖だと思う。システィーには休むように言っておいて、自分は残って仕事をする。

　こんなことが今までも何度かあった。直さなきゃって思っても、身体が勝手に動いてしまうんだ。こういう所は、聖女だった頃と変わらないな。

「システィーにバレたら怒られちゃうな。でも……」

一秒でも早く完成させて、苦しんでいる人たちを助けたい。その気持ちが強まって、言葉とは裏腹に身体は動く。

疲れは感じていないし大丈夫……と思っていたのだけど。

「うう……」

感じていないというのは自覚がないだけで、身体にはちゃんと疲れが溜まっていたらしい。作業をしながらうとうとして、意識が沈んでいく。

疲れによる急速な眠気には勝てず、いつの間にか眠ってしまった。

◇◇◇

「すぅー、すぅー……」

淡い光が照らす薬室で眠るアレイシア。そこへガチャリと音がして、ラルクが部屋に入ってくる。

眠っている彼女を見つけたラルクは、やれやれと呆れた顔で笑う。

「ったく、こんな時間に明かりがついてると思ったら。どうせシスティーには帰らせて、自分だけ残って仕事をしてたんだろ？」

まさしくその通りだった。アレイシアの性格を知っている彼は、彼女が無茶をしないか心配で様子を見にきたのだ。

そうして案の定、一人だけ残って仕事を続けていた。ラルクは部屋にあった毛布を手に取り、眠る彼女の背にかけてあげた。

ちょうどその時、机の上にあった研究書類を見つけて、中身を確認する。それは新薬の完成が近いことが、素人の彼でもわかる内容だった。

資料を見たラルクは、小さく微笑んでアレイシアに視線を向ける。

「やっぱりお前は、俺が信じた通り凄い奴だよ」


この翌日、新薬および病気の原因について正式に発表された。新薬の効果が証明されたことで、王国は早急に兵を森へ派遣。原因となる花の撤去と、一時的な水路閉鎖を実施。

水路の水が関係する畑の作物は処分対象となってしまったが、それに対する補塡は国から用意する方向で進んでいる。

食料については王都の外、および国外からの輸入に頼ることになりそうだ。経済的な影響は少なくない。

それでも、多くの命が救われたことは事実である。

第三章

鼓動の速さを感じたら

「依頼からたった二十日と半日で、新病の原因とそれに対する特効薬の開発を成功させたか」

「言った通りだったでしょ？　兄上」

「ふっ、そうだな」

王城の一室で机に向かうアンデル王子と、彼の部屋を尋ねてきたラルク。アンデル王子の手には報告書が握られていた。

内容は、彼が宮廷薬師《くすし》たちに言いわたした課題と、その結果について。

アレイシアたち宮廷薬師は、見事にひと月という限られた時間の中で成果を示したのだ。作り上げた特効薬の効果もさることながら、注目すべきはやはり期間である。

ひと月も使わず、約三週間で結果を出したことは、国を統べる王族や有力貴族たちを納得させるだけの理由になった。

これにより、宮廷薬師の人員について再検討がなされ、人員削減の件は一先《ひとま》ず見送りとなった。

「人員の削減は中止になった。とは言え、今まで通りに戻るわけではない。彼らには二年に一度、契約更新の機会を設ける。簡単な試験と、二年間の実績を考慮して翌年からの契約の可否を決定する。と、期限付きにはなったが構わないだろう？」

「ええ。その点に関しての不満はありません。彼らとしても望むところでしょう」

これまでは、一度宮廷薬師の試験に合格して就任すると、よほどの問題があったり本人の意思でないかぎり退職はなかった。

しかし今回の一件をきっかけに、二年間という更新期間を設けることになった。二年の間に何かしらの研究成果を提示できなければ、翌年からの契約を解除する可能性が出てくる。

宮廷薬師の仕事は主に、王宮で働く者たちへの処方と、新薬の開発。前者が聖女の誕生で必要性が低くなったこともあり、後者の役割への期待が大きくなった。

元より、ただ薬を作って処方するだけなら、宮廷薬師と一般薬師に差はない。宮廷薬師を名乗るなら、その名に見合った実績が必要なのだ。

「彼らならきちんとやってくれますよ。今回みたいに」

「彼ら……か。お前にとっては彼女が、の間違いじゃないのか？」

「うっ、なんのことでしょうか？」

「惚《とぼ》けても無駄だ。アレイシア……お前は随分と彼女を気にいっているようだな。森への同行を名乗り出た時も、お前らしくない必死さが見えたぞ」

ニヤっと笑みを浮かべるアンデル王子に、ラルクは咄嗟に目を逸らす。直視できない時点で、アンデル王子の発言が図星だと自白しているのと等しい。

ラルクは苦し紛れの言い訳をするように、逸らした視線を戻して言う。

「彼女は優秀な薬師ですから」

「それだけか？」

「他に何があるんです？」

「……そうか。私はてっきり、彼女を王子妃にするつもりなのかと思っていたんだがな」

突っ込んだアンデル王子の発言に、ラルクも思わずビクッと反応してしまう。目に見える動揺を隠しようがない。

ラルクはまた視線を逸らし、今度はすぐに戻した。そして気付く。アンデル王子の雰囲気が変わっていることに。

先ほどまでの兄弟同士のやり取りではなく、一国の王子同士の立場で向かい合っていることに。

ラルクは動揺を抑え込み、気を引き締めて彼と向き合う。

「ラルク、お前にはもう話しておこう。近い将来、私は婚約者を立てることになる」

「婚約者……ですか？」

「そうだ」

「……お相手をお聞きしてもよろしいでしょうか？」

ラルクは鋭い視線でアンデル王子を見つめる。この話になる前に、アレイシアの名前が出ていた。

あり得ないと思いつつ、まさかという疑念を捨てきれない。ラルクは質問しながら、彼女以外の名前が出ることを期待していた。

その余裕のなさがわかりやすくて、アンデル王子はクスリと笑う。

「ふっ、安心しろ。お前が考えている相手じゃない」

「……そうですか」

「お前は本当にわかりやすいな。彼女のことになると」

「うっ……」

またしても図星。兄弟だからこそわかる小さな変化、というわけではなく、ラルクの表情がわかりやすいだけだ。

もっとも、ここまで表情が崩れてしまうのは、相手がアンデル王子だからというのもある。普段からひょうひょうとしているラルクの心を揺さぶれるのは、肉親ではアンデル王子だけだろう。

肉親を除けば、おそらくもう一人だけ……。

「そ、それで実際のお相手は誰なんですか？」

「隣国の姫君だ。お前も一度くらいは会ったことがあるはずだが？」

「ああ、あの方ですか。とても美しい方でしたね。茶会で兄上とダンスをしている姿を見ましたが、見惚れてしまうほどでした。お似合いだと思います」

「お似合い……か」

アンデル王子は小さくため息をこぼし、憂鬱そうな表情で窓の外を見つめる。

「兄上？」

「お前はお似合いだと言ったが、本当にそう思うのか？」

「……兄上は違うのですか？」

「さてな」

具体的な回答をさけ、アンデル王子は窓の外からラルクへと視線を向ける。その表情は真剣そのもので、ラルクも思わず背筋を伸ばす。

「私たちは王子だ。一国を背負う身として、共に添い遂げる相手も自分の意思だけでは決められない。常に王国の利益を考えなければならない。その自覚は当然持っているな？」

「はい。もちろんです」

「そうか。ならば当然わかっているな？　私がいずれ王になれば、お前は第一王子になる。今私に向けられている期待は全て、第一王子となったお前に向けられるということを」

「……はい」

第一王子と第二王子、同じ王子の立場でも明確に期待の差はある。現第一王子であるアンデルは、次期王となる最も有力な候補である。

順当に行けば間違いなく、アンデル王子が国王となるだろう。そうなれば繰り上げで、ラルクも第一王子となる。

実質的な王国の二番手。王が不在の時は王国を支え、導く立場にあたる。国民からの期待、貴族たちからの期待は、今とは比べものにならないほど大きくなるだろう。

同時に周囲の目も厳しくなる。本当に国を任せても良いのか。この国の王として相応《ふさわ》しい人物なのかと、訝《いぶか》しむ者も増えるだろう。

一つ一つの言動、その全てを見定められ、評価される立場。それが第一王子、次期国王候補の筆頭である。

「私たちは王国の顔だ。私たちへの評価は、そのまま国の評価に直結する。だからこそ、伴侶となる相手も相応しい者でなければならない。地位、功績、美貌……どれも秀でてなくては、私たちの隣に立つには不足だ」

「でしたら、兄上の婚約者となられるお方は相応しくないのですか？」

「もちろん相応しい。そうでなければ私も受けようとは思わない。ただ、相応しいかどうかを判断したのは私ではないがね」

「……」

ラルクにはすでに、アンデル王子が何を伝えたいのか理解していた。

アンデル王子と隣国の姫、その婚約を決定したのは当人たちだが、促したのは周囲の意見だった。

　国を統べる者として、伴侶となる相手は政治的影響力のある人物が望ましい。隣国との友好関係を強固にするため、二人の婚約は有意義であった。

　つまりは政略結婚。当人たちが恋をして、思い合った末の結果ではない。愛し合う理由はもとより、自国の利益のためである。

「ラルク、お前もいずれは婚約者を持つことになる。もちろん、お前の意思だけでは決められない。仮に決まった相手がいたとして、その者が相応しくなければ誰も認めない」

「……わかっています」

「本当にわかっているのか？　ならば決まった相手はいるのか？」

「それは……」

　ラルクは言いよどんでしまう。浮かんだ人物の名前を、ここで口にしても良いのか考えてしまったから。

　そんな彼の様子に眉を顰《ひそ》め、アンデル王子はため息をこぼす。

「はぁ……まだその段階か。ならばこちらで良い相手を手配しよう」

「え？」

「見合いの場を設けると言ったんだ。政治的に意味のある相手ならたくさんいるからな。決まった相手もいないのであればなんの問題もないだろう？」

「なっ、兄上それは――」

否定しようとした口がピタリと止まる。アンデル王子の厳しい視線と圧に押されて、ラルクは言い返すことができない。

決まった相手がいるのか。その問いに答えられなかったラルクには、アンデル王子の話を否定する力がなかった。

「日時は追って知らせる。いいな？」

「……わかりました」

◇◇◇

王都に蔓延した病に対する特効薬を完成させ、それを提出した三日後。私とシスティー、それからレン君は室長室を訪れていた。

「うぅ……先輩……本当にありがとうございましたぁ」

「もういつまで泣いてるの？」

「だってぇ……先輩がいなかったら私……今頃ここにいないですもん」

「そうだね～　王宮には二度と入れなかったかもしれないわね」

と、冗談交じりに室長さんがニヤニヤしながら言うと、システィーは子供みたいに涙ぐんだ目を見せる。

「うぅ、うう……」

「ちょっ、冗談だってば！」

「室長が余計なこと言うからです。空気を読んでください」

「子供に空気とか言われた⁉」

宮廷薬師の人員削減は、一先ず見送られる方針になったそうだ。私たちが定められた期間で結果を出し、上の人たちも私たちへの評価を改めてくれたらしい。

ただし今まで通りではなく、二年間の契約更新を新たに設ける結果となった。

「二年の契約期間が設けられたのは逆に良かったかもね。これで仕事にも張り合いが出るってものでしょ」

「呑気ですね。室長も同じなんですよ？」

「わかってるわよ。でも焦ることでもないでしょ？　あたしらは今まで通りやっていけばいいんだし。ね？　アレイシアちゃん」

「そうですね。やることは変わりません」

二年間のうちに成果を見せなければ、宮廷薬師として働けなくなる。一見厳しい処置にも見えるけど、宮廷薬師という特別な地位を名乗るのであれば、それくらいできて当然だ。

他のみんなも理解しているから、今回の決定に不満の声が出なかったのだろう。

早い人はもうすでに、新薬の研究を進めている。

「私たちも頑張らなきゃね？　システィー」

「はい！」

「アレイシアちゃんは何の研究をするの？　また万能薬？」

「そのつもりです。どんな病気や怪我にも効く薬……万能薬を作ることが、私の目標ですから」

万能薬の完成は、私が薬師を志すようになってからずっと思い続ける目標の一つ。あらゆる病に効果を発揮し、怪我にも効くような薬があれば、世界中で病気に苦しむ人たちが安心できる。

何より私がいなくなった後でも、その薬一つで多くの人の命が救える。それは私が、前世からずっと望んでいたことだ。

「ずっと研究してるけど何か糸口はつかめたのかな？」

「えっと、それがまだ全然です」

「そっか。万能薬……言葉では簡単に言えるけど、そう簡単じゃないわね。でもアレイシアちゃんなら作れると信じているわ」

「ありがとうございます」

　室長さんから向けられる期待。応えたいと心から思う私は、決意を胸にぐっと手を力いっぱい握る。

　誰かが期待してくれている。頑張れと一言かけてくれる。たったそれだけで、私の胸には勇気が宿ると知っている。

「私も先輩ならできると思います！　万能薬を完成させたらみんな驚きますよ！」

「驚くだけじゃすまないでしょうね。爵位とか貰えちゃうかもしれないわよ？」

「そうなれば少なくとも室長は交代ですね」

「うっ、ま、負けないわよアレイシアちゃん！」

　レン君が余計なことを言うから対抗意識を室長さんが持ってしまった。私は別に、地位がほしいわけでも、室長になりたいわけでもない。ただ、みんなが幸せに生きられる世界を作られれば、それでいいんだ。

その願いが叶うなら、私自身の幸せなんて捨ててもいい。そう思えるくらいには本気で……と、思っていた。

◇◇◇

「──え？　ラルクがどうしたの？」

「ですからお見合いですよ！　お見合い！　ラルク殿下が近々お見合いをするって話を聞いたんです」

「お、お見合い……」

突然だった。慌ただしい日々がようやく落ち着いて、通常業務に戻りつつあった今日、仕事中にシスティーが教えてくれた。

「まだ噂みたいなんですけど、ラルク殿下がお見合いするって話をしていた貴族の方々がいたみたいで。教えてくれた人も偶然聞いちゃったそうです」

「そ、そうなんだ」

「そうなんだーって！　それだけですか？　ラルク殿下がお見合いするんですよ？」

「わ、わかってるけど」

どう反応するのが正解だったのだろうか。祝福すれば良かったのか、それとも悲しめば良かったのか。少なくとも、彼のお見合いの話を聞いた時、私の胸の中で生まれた感情は後者だった。

悲しい、というよりも寂しい。そんな思いを胸に感じて、動揺してしまったのだろう。ただ、だからと言って何があるのか。

彼は一国の王子だ。その立場からして、お見合いすること自体はなんら不思議もないし、相手もきっと偉い方なのだろう。

お見合いの相手……。

「ね、ねぇシスティー。そのお見合いの相手って誰なのかな？」

「相手まではまだわからないみたいです。やっぱり先輩も気になりますよね？」

「そ、そうだね。ちょっとは……気になるかな」

ちょっと……これはちょっとと言って良いのだろうか？

彼が誰とお見合いするのか気になって、さっきから仕事の手が止まっている。自分でもここまで動揺するなんて思わなかった。

彼が誰とそういう関係になっても、私には直接関係ないはずなのに。

「でも意外でした。お見合いのこと、先輩も知らなかったんですね」

「え、うん」

「先輩なら知ってるかと思いました。先輩とラルク殿下はすっごく仲良しですし、そういう話も聞いてるのかなって」

「聞いてないわ。そういえば……最近……会ってないかも」

思い返せば森へ一緒に行ってから、一度も会っていない気がする。王宮で姿を見たり、すれ違って挨拶をすることはあったけど。

これまで頻繁に薬室へ訪れていたのが、最近になってピタリとなくなってしまった。それもお見合いと関係しているのだろうか。

もしくは、私が何か……。

「嫌われるようなこと、しちゃってたのかな」

「そ、それはないですよ！　きっと殿下もお忙しいんです。先輩が殿下に嫌われるなんてありえませんから！」

「そう……かな」

「そうですよ！　私が保証します！　女の勘です！」

女の勘って、要するに根拠はないってことよね……でも少しだけ気持ちが楽にはなった。言葉だけでも、言ってもらえると意味があるんだ。

「ありがとうシスティー」

「いえいえ。また情報を手に入れたらすぐ報告します！」

そう言ってシスティーはキリっと敬礼した。そこまで積極的にしなくてもいいけど、確かに気になることだ。

一番いいのは本人から聞くことなんだけど……どうすれば会えるかな。この日はずっと片隅にラルクのことを考えて仕事をしていた。

そうして時間は過ぎ、夕刻となる。窓から差し込む光は優しく、オレンジ色になって仕事の終わりを知らせている。

「う、うーん……」

「お疲れさま、システィー。もう時間だし、ここまでにしましょうか」

「はい！」

仕事はいつも通り滞りなく進められた。散らかった机の上を一緒に片付けて、帰りの支度も整える。

片付けも終わって、一緒に薬室を出ようとした時、ふいに私は立ち止まった。

「先輩？」

「……ごめんシスティー、先に帰ってて」

「え？　先輩何か忘れ物ですか？」

「忘れ物……うん、忘れ物したから。ちょっと探すのに時間がかかりそうだし、先に帰ってもらっていいかな？」

自分でもわかるほど中途半端な理由だ。深く突っ込まれたら返せない。ドキドキしながら彼女の返事を待つ。

「……わかりました！　じゃあ先に帰りますね」

すると彼女はすんなり聞いてくれた。私の様子を見て察してくれたのかもしれない。そういう気遣いもできる子だ。

「ありがとう」

「いえいえ！　それじゃまた明日です！」

「うん、また明日」

システィーが手を振り薬室を出て行く。それを見送った私は、消してしまった部屋の明かりを再び灯し、片付いた机に向き合って腰を下ろす。

「はぁ……」

一人になって大きなため息をつく。忘れ物があるなんて嘘で、システィーもそれはわかっていたと思う。そもそも明日も来るんだから。

あんなわかりやすい嘘をついてまで薬室に残ったのは、小さな期待をしていたからだ。仕事中ずっと、彼のことばかり考えていた。

夜遅くに明かりをつけて待っていたら、彼が様子を見に来てくれるんじゃないか。

そんな自分本位な期待を胸に、何もすることなくぼーっと椅子に座る。

仕事をしていたほうが気が紛れるだろうか。普段ならそうするけど、今は仕事をしていても気になって、集中できないと思う。

結局ただ黙って一人、外が暗くなっていく様子を眺めていた。

一時間、二時間と過ぎていく。外はもうとっくに暗くなり、同僚たちもみんな自分の家に帰った頃だろう。

窓の外に見えていた部屋の明かりも、一つ、また一つと消えていく。みんなが帰宅する時間帯は廊下から声も聞こえていた。

今はそれもなくなって、静かになった王宮は、まるで私一人しかいないような寂しさすら感じてしまう。

本当にどうしてしまったのだろう。こんなことで孤独を感じるなんて、私はこんなにも寂しがり屋だったのか。

そんな自分を情けなく思い、時計の針が二十時を越えた頃を確認して、私は徐《おもむろ》に席を立った。

「……帰ろう」

「なんだ？」

その時だった。まるで見計らったかのようなタイミングで、窓の方から声が聞こえてきたのは。

「——せっかく様子を見にきたのに、もう帰るのか？」

「ラルク」

開けた窓から冷たい風が吹き抜ける。窓が開く音は、風の音にかき消されて聞こえなかったみたいだ。

相変わらず窓から入ってくるところに彼らしさを感じて、どこかホッとする。

「こんばんは、ラルク」

「ああ。ちょっと久しぶり、だよな？」

「そうだね。ちょっとだけ久しぶりだね」

「……外はもう寒いし、ここで話して行かないか？」

「うん」

私が頷いてそう答えると、彼は安心したように微笑《ほほえ》んだ。彼が窓を閉めると冷たい風は止み、一瞬にして部屋を静けさが包む。

夜の薬室、誰もいないほど静かな王宮で、ラルクと二人きり。今までも何度か経験した空間なのに、今はどうしようもなくドキドキする。

彼と会うのが久しぶりだからなのか。目を合わせるだけでも、若干の恥ずかしさを感じてしまう。

「ど、どうぞ座って」

「ん？　ああ、となり失礼するぞ」

「うん」

ラルクは私の隣の席へ腰を下ろした。私のほうが変に緊張しているだけで、ラルクはいつも通りに見える。

それがなんだか歯がゆくて、勝手に複雑な気持ちになった。座ってから互いに黙り、静寂のまま数秒が経過した。

私が話し始めるタイミングを窺っていたように、ラルクもいつ話そうかと考えていたのだろうか。

「あのさ」

「あの」

結局、全く同じタイミングで口を開いて、最初の一言目も同じだった。互いに顔を見合わせ、なんだかおかしくなってクスリと笑う。

「そっちからどうぞ」

「ううん、ラルクからでいいよ」

「そうか？　俺が聞こうとしたことって大したことじゃないんだけど……まぁいいか。あれから仕事のほうはどうだ？」

「今まで通りだよ。お陰さまでね」

話し始めたら雰囲気は悪くない。最初に感じていた緊張も、彼の穏やかな声を聞いたらすっと和らいでしまった。

今なら聞けるかもしれない。仕事中もずっと気になって、聞きたいと思っていたあのことを……。

「ラルクは……どうしてたの？　あれから」

「うーん、俺も基本的にはいつも通りだったんだが、いろいろあったりはしたな」

「いろいろ……って？」

私は彼の顔を覗き込むように見ながら尋ねた。ラルクはちょっぴり答えづらそうな顔をして、ぽりぽりと指で頬に触れる。

話してくれないのかなと思ったけど、小さなため息の後に口を開く。

「実はさ、兄上からお見合いの話を持ちかけられたんだ」

「――そう、なんだ」

「知らなかったか？　王宮内でも噂になってたみたいだけど」

「知らなかった……よ？」

咄嗟に出たのは嘘だった。本当は知っていたのに、知らなかったフリをして私は目を逸らした。

どうして嘘をついたのか、口に出した直後はわからなかったけれど、ラルクの横顔を見ていたらわかってくる。

私はまだ、お見合いの話が本当だと思いたくなかったんだ。だから嘘をついて、ごまかしたんだと。

じゃあどうして、認めたくなかったのか？

胸の奥底でくすぶっている感情がある。今の私には、その感情が何なのかわからない。わかるのは、私にとって初めての感情だということだけ。

転生して十八年、前世を含めたら三十八年も生きてきて、知らない感情があることに驚きながら、ざわめく胸にそっと手を置く。

「お見合いって……いつなの？」

「……えっと、それが……明日なんだ」

「あ、明日⁉」

思っていた以上に早くて、思わず驚き大きな声が出てしまった。自分から尋ねておいてなんだけど、まさか明日なんて思っていなかったから。

酷く驚いた私を見て、ラルクは疲れた顔をして小さくため息を漏らす。

「本当に急だよな。俺もこんなに早く手配されるなんて思ってなかったよ。そもそも見合いなんてするつもりなかったからさ」

「え、そうなの？　じゃあどうして急に？」

「うーん……これはまだ内緒の話なんだが、兄上がさ？　近々婚約者を迎えることになったんだよ」

「そうなの？　アンデル殿下が……お相手は？」

私が尋ねると、ラルクは周囲を二度見渡して、私以外誰も聞いていないことを改めて確認した。

その上で彼は、私の耳元でこそっとお相手の名前を口にする。その人物は、王都の外のことですら疎い私でもわかる有名人だった。

「――隣国の？」

「そう。誰にも言うなよ？　まだたぶんほんの一部の人しか知らないんだから」

「言えるわけないよ。相手が相手だもん。というか今のお話って、私に話しても大丈夫だったの？」

「良くはないな。けどアレイシアなら口も堅いし信用できるから、大丈夫だろうと思って話した」

ラルクは私の目をまっすぐ見てそう言ってくれた。私のことを心から信用してくれている。その意思表示だと思うと、ちょっと嬉しい。

「兄上の婚約の話を聞いた時にさ。お前はどうなんだって聞かれたんだよ」

「え……」

アンデル殿下の話から、唐突にラルクの話に戻った。ついさっき感じた嬉しさも薄れて、不安がよぎる。

私はごくりと息を呑んで、彼の次の言葉を待った。

「兄上が王になれば、今度は俺が第一王子になる。今よりも注目される立場だ。良い意味でも悪い意味でも……注目されるのは俺だけじゃない。俺と一緒になる相手もそうなんだって。未来のことをどう考えているのか尋ねられた」

「……ラルクはなんて返したの？」

「すぐには応えられなかったよ。情けないことに唐突過ぎて、なんて返せばいいのかわからなかった。そしたら見合いの話をされたよ」

「そう……なんだ」

アンデル殿下がラルクに尋ねた未来の話。それはたぶん、誰と一緒にこの先を生きていくのか。自分の隣に誰を歩かせるのかということだろう。

彼がその問いに答えられなかったことに、私は安心しているようで、ガッカリしているようで。自分でも曖昧《あいまい》な感情が胸に募る。

この感情の名前を、誰か教えてくれないだろうか。わからないせいなのか、ずっと胸が苦しいんだ。

「その……お見合いの相手ってもう知ってるの？」

「ああ。王都でも有名な貴族の令嬢だ。俺も何度かパーティーで一緒になったことはあるから、顔見知りではあるよ」

「そっか。いい人なの？」

「綺麗な人ではあったかな？　そんなに話したことがあるわけじゃないから、ただの印象しかないんだけど」

綺麗な人……その言葉に私の胸は、締め付けられるような痛みを感じる。彼が相手のことを良く言っただけなのに、ただの一言なのに。

胸が苦しい。身体はどこも悪くないはずなのに、胸の痛みだけが治まってくれない。彼の言葉を聞けば聞くほど、胸がずきずき痛む。

本当にどうしちゃったんだろう？

彼の顔を見るだけでも胸が苦しくなるせいで、さっきから全然顔も見れない。うつむいたまま胸に手を当てて鼓動を感じる。

私の身体は、どこかおかしくなってしまったのか。ううん、きっと違う。おかしくなったわけじゃないんだ。

私は……私はただ……。

「なぁアレイシア、変なこと聞いていいか？」

「え、変なこと？」

「ああ」

「……別にいいけど……」

私は胸を両手で押さえながら、彼の方へ振り向いた。目と目が合った瞬間、彼は今まで見せたことないような、甘く優しい表情を見せる。

「アレイシアはさ。俺がお見合いするって聞いた時、どう思った？」

「――え」

その質問は全く予想していなかった。驚きと戸惑いが同時に押し寄せて、今まで考えていたことがパーっと抜けていく。

「どうって……」

「変な質問でごめんな。でも聞きたかったんだ。お前がどう思ったのか。何も感じなかったのか。嬉しいと思ったのか。それとも……」

話しながらラルクは真剣な表情で私から目を逸らさない。まっすぐに私だけを見つめて、答えるのを待っている。

なんでそんな質問を私にしてきたのか。彼にとってその答えが、どんな意味を持つのだろう。浮かんだ疑問は多いけれど、真剣な眼差しを向けられたら、答えずにはいられない。

「私は……」

どう思ったのか。自分でもまだ、胸の奥にくすぶる感情を知らない。上手く言葉にできない。

ただ、確かに言えることがあるとすれば、それは……。

「自分でも……どうしてなのかわからないけど……嫌だって、思ったよ」

「――嫌、か」

私は彼から目を逸らし、首を縦に振って肯定する。

自分の中に生まれた新しい感情。その名前はわからないけど、彼の質問の答えにはなっているだろう。

システィーからお見合いの話を聞いた瞬間、私は確かに嫌だと思った。ショックを感じたんだ。

「そうか。嫌か」

「ラルク？」

「ありがとう。それが聞けて良かったよ」

私の答えを聞いたラルクは安心したように笑った。どこか満足して、吹っ切れたようにも見えた。

◇◇◇

ラルクと話をした翌日。私はいつも通りの時間に目覚めて、仕事をするために王宮の薬室を訪れた。

扉を開けると、私より先に来て準備をしていたシスティーと目が合う。

「おはようございます先輩！」

「おはようシスティー」

「昨日はちゃんと殿下とお話できましたか？」

「え……」

仕事の準備をしようとした私に、システィーが思わぬ質問を口にした。お陰で不自然な体勢でピタリと固まる。

「な、なんで？」

「なんでって、そのために昨日は残ったんですよね？」

「し、知ってたの？」

「当たり前じゃないですか。これでも先輩の助手ですから！　先輩の考えていることはなんとなくわかりますよ！」

元気よくそう言いながら、システィーは自分の胸をトンと叩く。じゃあやっぱり昨日は気を利かせて先に帰ってくれたのか。

「ありがとう」

「いえいえ～　そ、れ、で！　殿下にお見合いのことは聞けたんですか？」

「う、うん。聞けたよ」

「どうでしたか⁉」

システィーはぐっと顔を近づけてきた。瞳をキラキラさせながら、私の答えを待っている。

そんなに気になっていたのかと思いながら、話せる内容だけ選んで説明する。

「お見合いの相手は、王都の貴族の令嬢なんだって。ラルクも知ってる人だって言ってた」

「ほうほう。それでお見合いっていつやるんですか？」

「今日らしいよ」

「今日⁉」

システィーは目を丸くして驚いた。やっぱり急すぎて驚くよね。私も知った時は同じような反応をして……。

「大変じゃないですか！　だったら仕事なんてしている場合じゃないですよ！」

「え、システィー？」

「お見合いなら王城でやるんですよね？　こっそり見に行きましょう！」

「え、えぇ⁉」

いきなり何を言い出すのか。私の驚きが冷めないまま、システィーは私の手をガシッと握る。

「さぁ先輩！　殿下を探しにいきましょう！」

「ちょっ、なんで？　わざわざ見にいかなくても」

「先輩は気にならないんですか？　もしかしたら殿下、その場でお返事とかしちゃうかもしれないんですよ⁉」

「そ、それは……」

気になる……とても気になる。この時、私の脳裏には昨日、彼が最後に見せた表情が浮かんでいた。

あの表情の意味が気になって、昨日の夜もあまり眠れなかったし。彼がお見合いでどんな話をするのかも知りたい。

そう思うとまた胸が苦しくなって、ズキンズキンと痛むんだ。

「で、でも仕事を抜け出すのは良くないよ」

「だったら今度のお休みにその分お仕事しましょう！　依頼はちゃんと期日通りに

終わらせれば問題ないです！　室長さんだってよくやってますから文句は言われないですよ！」

「そ、それは……確かにそうだね」

「というわけで出発です！」

強引に言いくるめられた私はシスティーに手を引かれ薬室を出ていく。彼女がやる気なのは疑問だったけど、気になっていたのは確かだ。

薬室を出た私は、仕事のことよりもお見合いのことで頭がいっぱいになって、自然と足が速くなる。

薬室から王城へ移動する道中、通り過ぎる人たちがお見合いの話をしていた。それを頼りに場所を探り、たどり着いたのは……。

「あ！　いましたよラルク殿下！」

システィーが先に見つけて指をさす。たどり着いたのは王城の中庭で、噴水の隣には石を削って作った椅子がある。

ラルクはそこに座っていた。隣には金色の髪の綺麗な女性が座っている。彼を見つけた私たちは、見つからないようにこそっと近づいて、中庭を囲む生垣の裏に隠れた。

見た目は完全に不審者だけど、この場所なら他の人たちからも見えない。それ以前に周囲のことは気にならなくなっていて、私たちは小さく聞こえる二人の声に耳をすませる。

「――こうしてちゃんと話すのは初めてですね？　ラルク様」

「そうですね。茶会では何度かお会いする機会がありましたが、こうして面と向かって話すのは初めてです。セシリアさん」

「ふふっ、無理に畏《かしこ》まらなくても私は気にしませんよ。こういう場は苦手でしょう？」

「うっ、そう言ってくれると助かる」

二人の声を生垣越しに聞く。生垣を挟んでいるから小さくしか聞こえないし、二人の表情までは見えない。

ただ話している雰囲気は和やかで、悪くなさそうに思えた。同じことをスティーも感じたのか、小声で私に言う。

「先輩！　なんだかいい雰囲気ですよ」

「そうだね……」

また苦しくなって、両手で胸を押さえる。

「ラルク様。突然のことだったのにこうして時間を作ってくださったこと、改めて感謝いたします」

「いやこっちこそ。そちらも忙しい身だろうに」

「ラルク様ほどではありませんよ？　それに嬉しかったですから。こうしてラルク様のお見合い相手に選んでいただけたことが」

「そう言ってもらえると、俺も光栄だ」

その後も二人は楽しそうに話を続けて、私たちは隠れてそれを聞いていた。

聞こえてくる二人の会話を聞きながら、ラルクがどんな表情で話しているのか想像する。

二人の会話は楽し気で、仲睦まじいように感じた。きっとラルクも穏やかな笑顔で話しているに違いない。そう思えば思うほど、二人の声を聞くほどに、胸の苦しみは強くなる。

嫌だ……あの時よりも強く、ハッキリとそう思ってしまった。

「ラルク……」

彼の名前を無意識に口にしてしまうほどに。

「ラルク様は面白い方ですね。お伺いしていた通りです」

「そうかな？」

「はい。ラルク様と婚約者になれたなら、きっと毎日が楽しいでしょうね」

そして遂に、聞いてほしくなかった……でも聞きたかった質問を、セシリアさんからラルクに投げかける。

「ラルク様が私との婚約をどうお考えなのか、お聞きしてもよろしいですか？」

「……」

ラルクはすぐには答えなかった。三秒くらいだっただろうか。かすかに、彼が息を吸った音が聞こえてくる。

私は生垣に耳が触れるギリギリまで近づいて、その答えを待った。苦しい胸を手で押さえながら。

「セシリアさん」

「はい」

「せっかく頂いた機会だけど……すまない！　俺は君と婚約するつもりはないんだ」

彼はハッキリと、私たちにも聞こえる声で謝った。直接は見えないけど、彼は頭を下げているのだろう。

そのまま彼は続けて言う。

「今日は最初から、断るつもりで来たんだ。せっかく来てもらって失礼なことだと自覚している。罵《ののし》ってくれても構わない」

「……やっぱりそうでしたか」

「……え？　気付いてたのか？」

「はい。なんとなくでしたが、ラルク様は私と話している時も、どこか別のところを見ているように感じましたから」

セシリアさんの声からは怒りを感じなかった。むしろこれまでの話で一番優し気な声で話している。

そんな彼女の反応に、ラルクは余計申し訳なさを感じたのだろう。

「勘違いしないでほしいのは、決して君のことが嫌だから断るんじゃない。君と話せたこの時間はとても楽しかった。だけど……それでも俺は……」

「ラルク様、どうぞ話してください。私も、ふられた理由くらいは知りたいですからね？」

「……ああ、言うよ。俺にはもう、共に歩きたいと思える人がいるんだ。ごく最近、そのことに気付かされた」

ラルクの答えを聞いた瞬間、自分の耳にも届くくらい大きく心臓が鼓動を打った。ドクン、ドクンと鼓動は強くなって、徐々に速くなっていく。さっきまで感じていた胸の痛みは全て、鼓動の高鳴りに変換されていった。

彼が共に歩くと願った人は、一体誰なのだろう。それが気になって仕方がなくて、今すぐ聞きたい気持ちをぐっと抑える。

代わりに鼓動はどんどん速くなって、もう自分では抑えられない。

「そうですか。羨ましいですね……ラルク様が好きになるお方ですから、きっと素敵な方なんでしょう」

「ああ。俺が一番尊敬している人なんだ」

「ふふっ、なら私もぜひお話をしてみたいですね。いつか紹介していただいても構いませんか？」

「もちろんですよ」

セシリアさんはそれ以上質問しなくて、ラルクも相手の名前は口にしなかった。

聞きたくて、知りたくて、話してほしいと願っているのは私だけなのか。彼が誰と一緒に歩みたいと願っているのか……。

誰なのか尋ねた時、私の名前を口にしてくれたら……。

「ああ……そっか」

私の中に生まれた初めての感情。その意味が、名前がようやくわかった。わからないはずだ。だって私は、今まで一度もしたことがなかったんだから。

「先輩？」

「システィー……私、ラルクのことが好きなんだと思う」

彼を思う気持ちはずっとあったんだ。だけど一つだけ、名前も知らない感情だけは触れずにいた。

その感情の名前は——異性としての好意。一人の人としてだけじゃなくて、一人の女性として、彼を好きになっていた。

いつからなのかは、気付いた今でもハッキリわからない。彼と出会って三年と少し。いつからか、私は彼に恋をしていたんだ。

「……もう。そんなの最初から知ってましたよ」

システィーは呆れて笑う。

呆れられて当然だろう。彼女が気付いていた私の気持ちに、私自身がやっと気付けたのだから。

◇◇◇

トントントン――

扉をノックする音を聞いたのは、執務をこなしているアンデル王子だった。彼は机に向かいながら一声かける。

「どうぞ」

「失礼します。お呼びですか？　兄上」

「来たか、ラルク」

部屋に入ってきたラルクを見ると、アンデル王子は仕事の手を止める。アンデル王子に呼び出され、ラルクは彼の元にやってきたのだ。

「聞きたいことがあるという話でしたが？」

「ああ。昨日の見合いについて聞いておきたくてな。セシリア嬢はどうだった？」

「とても素敵な女性でした」

「そうかそうか。それで？　婚約する気にはなったか？」

アンデル王子は取り繕うことなく、ストレートな質問をラルクに投げかけた。それを聞いたラルクはというと、動揺することなく堂々と答える。

「申し訳ありません。せっかくのお話でしたが、お断りさせていただきました」

「ほう……断ったのか」

「はい」

「なるほどな。それで先方から特に何も言ってこないということは、彼女も納得しているということか」

今回のお見合いは、王族側から彼女の家に持ちかけた話である。こちらから話を出しておいて断るというのは、見方によっては失礼となるだろう。

しかし先方が納得しているのであれば問題ない。納得に足る理由を提示できたということだから。

アンデル王子は机に肘をつけながら、胸の前で手を組んでニヤリと笑う。

「それで？　なぜ断ったのか聞いてもいいかな？」

「断った理由ですか」

「ああ。次の見合いを設ける参考にしたい」

「失礼ですが兄上、もう見合いをするつもりもありません。仮に見合いをしても、また断るだけですから」

ハッキリとそう言いきったラルクは、続けて本音を口にする。堂々と、偽ることなく。あの時 答えられなかった言葉を。

「私にはもう、心に決めた相手がいますから」

「ほう。名を聞いても良いかな?」

「はい。宮廷薬師のアレイシア……私は彼女を王子妃に迎えたいと考えています」

隠すことなく名前も口にしたラルクに、アンデル王子は少しだけ驚いたのか、眉をぴくっと動かす。

「意外だな。前に聞いた時は答えられなかったのに。今回もはぐらかすかと思っていたよ」

「あの時は自分の気持ちに整理がついていませんでしたからね」

「なら今は、整理がついたということか」

「ええ」

きっかけはアレイシアと話した夜だった。あの時、ラルクが彼女の元を訪ねたのは、自分の意思を確かめるためだったのだ。

彼女と話して、言葉を聞いて、ラルクは自分自身と向き合った。そうして好意を自覚したからか、彼の表情には清々しさが垣間見える。

そんな彼を見たアンデル王子は、安心したように微笑む。

「ようやくその段階には至ったか」

「ご心配をおかけしました。こうして気付けたのは兄上のお陰です」

「私は何もしてないよ。元より心配もしていない。お前が誰を好こうが、私にとってはどうでも良いことだ。お前の選択が、この国にとって利益となるならな」

「利益……ですか」

一国を背負う者として、伴侶となる者も相応しい人物でなくてはならない。王族に生まれたなら、好きな相手と必ず結ばれるとは限らない。

アンデル王子が隣国の姫と婚約することも、それが自国の利益に繋がるから。誰もが認める相手だからこそ受け入れられる。

「彼女は薬師としては優秀だ。だが所詮それだけでは、王子妃とするには不釣り合いだろう。仮に私が認めても、他の者たちは認めない」

「わかっていますよ。自分が王子だということは」

ラルク自身、王子という立場の重さや周囲の期待は理解していた。国を統べる者であり、象徴とも言える立場にいる以上、感情だけで物事を決めることはできない。

何かをするにはいつだって、周囲を納得させるだけの根拠がいる。

アレイシアを好きだと自覚しても、その思いだけで突き進むことはできない。一国の王子と平民あがりの薬師には、それだけの差がある。

その全てを理解した上で、ラルクはまっすぐにアンデル王子に宣言する。

「兄上。彼女はいずれ、この国で聖女以上になくてはならない存在になる。そう確信しています」

「聖女以上か。これはまた大きく出たな」

「それくらいでなければ、皆も納得しないでしょう？」

「ふっ、その通りだ。よくわかっているな」

王子と平民、その大きな差を埋めることは難しい。普通なら諦めてしまえるほどに、両者の距離は開いている。

それでも言い切れてしまうのは、純粋な信頼があるからこそだった。

「まぁそれはそれとして、彼女がお前と同じ気持ちかどうかは別だがな」

「うっ……そうですね」

「お前はわかりやすいな。その様子じゃ、当分思いを告げられないだろう」

「今すぐは……難しいですね。でも必ず、近いうちに告げます。この気持ちを伝えないまま隠しておくのは難しそうなので」

ラルクが照れながらそう答えると、アンデル王子は嬉しそうに笑った。

この時の笑顔はすでに、王子としてではなく弟を心配する一人の兄としての安堵も含まれていた。

第四章

万能薬を求めて

朝は決まった時間に目が覚める。横になったまま寝返りをうって、壁にかかった時計で時間を確認する。

ゆっくりと起きあがりベッドから降りた私は、閉じた窓を開けて外の明かりを部屋の中に入れる。

「う。うーん……今日もいい天気だ」

最近はまた一段と肌寒くなって、朝は特に体温も低いから、起きてすぐはぶるっと身体が震えることも多い。寒いほうが寝ていたいという欲も強くなる。

こうして日の光を身体に、目に浴びることで、もう起きる時間なんだと伝えてあげれば、自然と手足に力が湧いてくる。

いつものように着替えを済ませて、朝の支度も終わらせて。薬室に行く前に、王宮にある共用の食堂で朝食を済ませた。

お腹も膨れて、目もパッチリ覚めて、私は自分の薬室へと向かう。その途中で偶然、向こうから歩いてくる人と目を合わせる。

「おはよう、ラルク」

「おう。おはようアレイシア。今日も早いな」

「ラルクこそ。ちゃんと寝てる？」

「俺はいつだって快眠だよ。そっちこそまた一人で仕事してないだろうな？」

廊下でばったり出会ったラルクと他愛のない会話をする。これまで何度も経験してきたことで、当たり前のようにあった時間なのに、今は特別に感じている。

顔を合わせて、彼の声を聞く度に実感するんだ。

ああ、私はこの人に恋をしているんだ……と。自覚してからは胸の痛みも落ち着いて、代わりに彼のことを思う時、たまらなくドキドキするようになった。

今だって、こうしてただ話しているだけでも、私の胸は高鳴り続けている。平静を装いながら、この胸の鼓動がバレないかとヒヤヒヤしながら。

「じゃあ俺は行くよ。仕事、無理しないように頑張ってくれ」

「うん。ラルクもね」

「おう。また薬室に顔を見せにいくと思う」

そう言って彼は私の隣を横切って歩き去っていく。私はそんな彼の後姿をしばらく眺めてから、彼に背を向け自分も歩き出す。

彼が薬室に来てくれる時を楽しみに思いながら、私は薬室へと向かった。

薬室に到着して中に入ると、今日も私より先に来て仕事の準備をしているシスティーと目が合う。

「おはようシスティー」

「おはようございます先輩！　今日も一日よろしくお願いします！」

「うん。システィーは今日も元気ね」

「それだけが取り柄ですから！」

システィーは自分は薬師《くすし》としてまだまだ未熟だからと、謙遜《けんそん》したセリフを続けて言う。そんなことないよと私は否定した。

元気なだけじゃなくて頑張り屋の彼女は、日々一緒に仕事をする中で着実に成長している。

あと半年もすれば、正式な宮廷薬師になれると確信しているほどには、彼女はもう立派な薬師さんだ。

それだけじゃなくて、彼女の存在は私にとって大きな支えになっている。お見合いのことだって、彼女の強引さがなければずっと悩んだままだった。

自分の中にある気持ちにすら気付けずに、今でも胸の痛みに苦しんでいたかもしれない。

恋の病は、自覚しなければ苦しくて辛いだけなんだ。

気付いた途端に痛みがなくなって、身体も軽くなるというのは、我ながら単純すぎるようにも思えるけど。

恋とは縁もゆかりもなく、ただ聖女として歩き続けた二十年。そして後悔しない一生を目指して、薬師として生きた十八年。

長く知らなかった恋する乙女の気持ちが、ここに来てようやくわかったよ。これもシスティーのお陰だ。

この感謝を言葉だけじゃ返しきれないから、彼女が立派な宮廷薬師になるまで、今まで以上に支えようと思った。

「それで先輩！　いつ告白するんですか？」

「うっ、きゅ、急になんてこと聞くの！」

「ええ？　だって先輩、ラルク殿下のことが好きだって気付いたんですよね？　気付いたのに伝えないままいるんですか？」

「そ、そういうわけじゃないけど……」

システィーは意外とこういう質問は積極的に隠さず聞いてくるんだよね。素直なところも彼女の良さだけど、そのまま尋ねられるとさすがに照れる。

「一応、考えてはいるよ」

「本当ですか⁉　いつですか？　今日ですか？　明日ですか！」

「そ、そんなすぐじゃないから！」

ぐいぐい聞いてくるシスティーに押され気味になる。目の前まで近づけてきた顔を手でほっぺたを挟むように止める。

私だって考えてはいるんだ。彼への好意を自覚してから、それを伝えたいという気持ちも強くなった。

でも、それと同じくらい、好意を伝えるのが怖い。もしも拒絶されたらどうしようとか……悪い未来も頭に浮かぶ。

結局それは、自分に自信がないからだと思う。私は王宮で働くただの薬師で、相手は一国の王子様だ。誰が見たって釣り合わない。

今のままじゃ駄目なんだ。仮に彼が同じ気持ちでいてくれても、周りが認めてくれなかったら意味がない。

だから、私が気持ちを伝える時は、彼の隣に相応《ふさわ》しいと思ってもらえるくらいの自分になっていないといけない。

「まずは万能薬を完成させるの。どんな病気にも効く薬……私がずっと思い続けていた目標。そうすれば周りのみんなも、私が凄い薬師なんだって思うでしょ？」

「そうですね。万能薬なんて作ったら王都中の有名人になりますよ！　勲章とか爵位が貰えちゃったりするかもしれませんね」

「うん。そしたら彼に、彼のいる場所に近づけると思うの」

以前にも同じ話をしたと思う。その時はただ、苦しんでいる人たちのためだけに万能薬を作りたかった。爵位なんて貰えなくても別にいいと思っていた。

それが今は、爵位が貰えるならぜひともほしいと心から思っている。みんなのためだけじゃなくて、自分のためにも頑張ろうと。

生まれて初めて、自分自身のためにやりたいことができた気がするよ。

「そういうわけだから、まずは万能薬を作ることに集中するよ」

「凄いなぁ先輩、そんなことまでちゃんと考えてるなんて……さすが先輩です！　私なんて気付いたらすぐ告白しちゃいそうだし、見習わないと」

「別に凄くないよ？　私だって相手が王子様じゃなかったら、すぐにでも告白……

せっせと仕事の準備を始める。

「……先輩もしかして、告白するのが恥ずかしいだけだったりしませんか？」

ギクッと身体が反応してしまった。ごまかすようにそっぽを向いて、私はせっせと仕事の準備を始める。

全部がそうじゃないけど、確かに恥ずかしいという気持ちは強かった。前世も含めて三十年以上、誰かを好きになったことなんてなかったから。

告白だって本当は、どのタイミングですればいいのか。何を言えばいいのかわかっていなかったりするんだ。

ただ思いを伝えるだけでいいのなら……それにも勇気は必要だけど。

「と、とにかく今は万能薬！　万能薬を作ることだけ考えるから」

「わかりました。私も先輩を全力でサポートしますね！　先輩が堂々と告白できるように！」

「う、うん。ありがとうシスティー」

そんなにもハッキリ言われると余計に恥ずかしくなる。誰かに聞かれていたりしないよね？

ちょっぴり不安を感じながらも、私は万能薬の開発に取りかかった。

万能薬、それは名前の通り万能の薬だ。どんな病気、怪我にも一定以上の効果を発揮する。

それは未《いま》だ知られていない新しい病気に対しても効果を発揮するということ。たとえば少し前に王都で大流行した病。あれも万能薬があれば、完全に抑えるまではできなくとも、特効薬を作るだけの時間は稼げたはずだ。

万能薬なんて夢物語で、まるで魔法のような薬だと思う人もいるだろう。だけど決してそうじゃないんだ。

必ずしも全ての病気に対して特効薬として働く必要はない。あくまで一定の効果を発揮し、病に対して効果的に作用すれば良い。

と、言葉で言うのは簡単なんだけど……現実はもっと難しい。宮廷薬師になる前から万能薬の研究は始めていた。

古い文献を読み漁り、現存する薬のことを隅々まで調べあげて、万能薬に繋がるヒントを探ってきた。

これまでいくつか試作品は作ったけど、どれも万能と呼ぶにはあまりに不足過ぎている。

「何が足りないのかさっぱりわからない……システィーはどう思う？」

「先輩にわからないことが私にわかるわけないじゃないですか！」

諦めが早い。さっきは私を精一杯サポートするとか言ってたのに、考える素振りすら見せないなんて……。

なんて彼女を責めるのはお門違いだ。

「素材が足りないのかな？　調合の割合？　それとも別の何か……うーん、考えてもまとまらない」

「あ！　だったら先輩！　今ある薬を全部混ぜたらいいんじゃないですか？」

「それはもう試したよ」

「すでに試してた！」

大袈裟な反応を見せるシスティーに、私は昔話もかねて説明する。試したのは宮廷薬師になる前、先生の下で修行していた頃だ。

システィーが口にしたように、今ある薬を一つにまとめたら、万能薬ができるんじゃないかと考えて、全部を砕いて混ぜ合わせたことがある。

今から思えばなんて安直な考えだったのだろうと、自分に呆れてしまう。

結果はもちろん、失敗だった。薬を全部混ぜ合わせたところで、大きな薬の塊ができるだけだ。

まず飲み込めないし、複数の薬を一気に飲んでいるのと同じになる。薬は飲み方次第で毒にもなるから、ちゃんと飲み合わせも考えないといけない。

初めて薬を混ぜ合わせた時は、先生にも酷く怒られた。そんなものを飲ませたら、患者さんが死んでしまうぞと。

薬には必ず副作用というものが存在する。

高熱が出た時に飲む薬も、飲み過ぎれば低体温になるリスクがある。鼻水を止める薬だって、ものによっては脱水症状に陥る。

血液を流れやすくする薬を飲むと、怪我をしたときに出血が止まりにくくなる。定められた量、期間を守るのは、副作用で苦しまないようにするためでもあった。

その点を考えると、私が作ろうとしている万能薬はどんな副作用が現れるのか想像が難しい。

もし仮に完成しても、飲むことで生じるリスクのほうが大きいのであれば、それはもう薬ではなくただの毒だ。

「薬として作用した上で、副作用もコントロールできる効果を……」

「うーん、なんだか考えるほど無理だって思っちゃいますよ。万能薬って今まで一つでもあったんでしょうか。完璧なものじゃなくても似たようなものとか」

「万能薬とは呼ばれてないけど、極めて近いものだったら知ってるよ」

「あるんですか！」

あれを薬と呼んでも良いのか微妙なところだ。なぜならそれは、私たち薬師には作れないものだから。

「ポーションだよ」

「ポーション？　それって魔法の飲み物ですよね？　存在するんですか？」

「あるよ」

私がハッキリと肯定すると、システィーは大袈裟に驚いた表情を見せる。

彼女が知らないのも無理はない。ポーションを作れるのは、魔法使いの中でも錬金術が使える者だけだ。

千年前、私が聖女だった頃には今より魔法を使える人が大勢いた。それでも錬金術が使える者はごく僅かしかおらず、ポーションも貴重な代物だった。

もし当時、ポーションが誰の手にも届く身近なものだったなら、私が命を燃やし尽くすことはなかったかもしれない。

そして千年後の現代では、魔法使いの数は大きく減ってしまった。かつては確かに存在したのに、今では魔法があったことすら空想になりつつある。

国中から優秀な人材が集まる王宮でも、魔法が使える者は一人もいない。魔法使いの存在は、聖女に次ぐ貴重なものになっていた。

「ポーションは一口飲めば傷も病気も治る。私が目指している万能薬の形に一番近いのは確かだね。でも作れないなら意味ないんだ」

「むぅ～　私にも魔法が使えたら……」

「それでも駄目だよ。私たちに魔法が使えても、私たちがいなくなった後は作れないんだから」

それじゃ聖女だった頃と変わらない。聖女がいなくなれば、頼るものを失ってみんなが困ってしまう。

一人に支えられた床は、その一人がいなくなれば簡単に崩れてしまう。私が目指しているのはそんな一時的な幸福じゃない。

だからポーションの存在は知っていても、今日まで話題に出すことはなかった。

ポーションの話をしたところで、薬師である私たちには活かせないから。そう思っていた私に、システィーがぼそりと呟く。

「あーでもポーションがあるなら見てみたいですね。その成分とか調べたら、万能薬に応用できる気がしますし」

「──そっか」

盲点だった。というより、どうして今まで考えなかったのか。ポーションは別に飲んだ人に魔法をかけているわけじゃない。

中に含まれる成分が作用して、傷や病を治癒させるんだ。だったらスティーの言うように成分さえわかれば、別の形で再現することができるかも。

「それだよスティー！」

「え？　なんですか？」

「ポーションの成分を調べれば良かったんだ！　もっと早く気付けば良かったよ。スティーのお陰で気付けた！　ありがとう」

「え、あ、どういたしまして？」

私のほうが興奮して、いつもと立場が逆転したような空気になる。気持ちが高まる私と、置いてきぼりのスティー。

彼女はキョトンとした表情のまま、私に質問を投げかけてくる。

「で、でもポーションなんてどこにあるんですか？」

「それなら大丈夫だよ。私に当てがあるから」

「当てって、ポーションのですか？」

「うん。正確には、ポーションを作れる人を知っているの。私が生まれた街には、魔法使いがいるんだよ」

私に薬学を教えてくれた先生がいる。その先生の師匠さんは薬師であると同時に、魔法使いでもあった。

その事実を知っているのは、私と先生を除けば本人だけだ。内緒にしてほしいとお願いされていたけど、万能薬のヒントをつかむためだ。

「久しぶりに帰ろうかな。私の家に」

◇◇◇

私が生まれ育った街、ルート。王都から遠く離れた北の果てに、私の両親が暮らしている。

見方によっては帰省。宮廷薬師になってからの三年間は忙しくて、会いにいく機会すら作れずにいた。

目的はポーションのことを調べるためだけど、やっぱり両親の顔が見れるのは楽しみでもあった。

室長さんに事情を説明した翌日には、上からの外出許可が下りた。私としては今すぐに出発したかったのだけど、日時は三日後と指定された。

はやる気持ちを堪えながら三日を過ごし、ルートへ出発する当日。その理由を当日になって知ることになった。

「え、ラルク？」

「ラルク殿下？」

「よう、アレイシア。システィーも」

出発の準備を整えて王城の出入り口へ足を運ぶと、そこにはラルクと数名の騎士さんが一緒に待っていた。

ラルクの隣には彼が乗る予定の馬がお利口に待っている。私とシスティーは何度も彼と馬を見直した。

「なんでラルクがいるの？」

「なんでって、ルートに行くんだろ？　俺たちも一緒に行くんだよ」

「ラルクも？」

「ああ。話してなかったと思うけど、一応あそこって俺の管轄なんだよ」

それは初耳だった。王族や貴族たちには土地が与えられていて、それぞれが領主となり管理する役割を担う。

私の街も辺境とは言え、誰かが管理しているのは知っていた。知っていたけど領主様には会ったことないし、両親とも領主様のことは話していない。てっきり形だけで、放任されているのだと思っていたら……。

「ラルクだったんだ」

「そっ。で、ちょうど視察のタイミングが合ってな。お前たちも行きたがっていると聞いたから日程を合わせたんだ。こういう偶然もあるんだな」

「偶然なの？」

「偶然だよ。今回は本当にな」

私は思った以上に欲張りだったみたいだ。偶然じゃなくて、私に合わせてくれたのなら良かったのに……なんて思ってしまったのだから。

恋を知ってからというもの、気付いていなかった自分の一面に気付かされる。恥ずかしいこともあるけど、これはこれで悪くない。

「騎士さんたちはラルクの護衛？」

「ああ。いらないって言ってもさすがに無理だった。ルートはここから馬で三日はかかるしな。早く出発しよう」

「うん。あ、でも私たちはどうすればいいの？」

元は王都からルートまで出ている馬車があって、それに乗っていくつもりでいたんだけど。

ラルクたちは馬に乗っていくみたいだし、私たちもそうしたほうがいいのかな。

「馬は人数分ある。慣れないなら後ろに乗るか？」

「ううん、馬の乗り方は知ってるよ」

「先輩って馬に乗れるんですか！」

「うん。王都に来る前に習ったんだ。必要になるかもしれないからって」

私に薬学を教えてくれた先生は、薬学以外にも詳しくて、生きていくために必要な知恵や技術を私に教えてくれた。

馬の乗り方も先生から教わったことの一つだ。使う機会はなかったけど、ここに来て活用できそうでちょっぴり嬉しい。

「じゃあ私！　先輩の馬に一緒に乗りたいです！」

「いいよ。ラルクもそれでいいよね？」

「……ああ。乗れるなら心配いらないな」

「ラルク？」

なんだかガッカリしているように見える。もしかして、私を自分の馬に乗せたかった……とか？

だとしたら私、せっかくラルクと一緒に乗れるチャンスを自分で……。

そう思ったら自分でもガッカリして、小さくため息をこぼした。そのため息は、ラルクのため息と重なった。

互いに目を合わせ、おかしくなってくすりと笑う。別に落ち込むことはない。一緒にいればそういう機会も、また巡ってくるだろう。

今はこうして一緒にいられる偶然に感謝しておくことにする。

馬に跨《また》がった私の後ろに、システィーが後から乗り込む。馬に乗るのは久しぶりだけど、身体が感覚を覚えている。

手綱を握り、人を上から見下ろせる視線の高さを思い出して、先生に教わっていた当時を思い出す。

「先生……元気にしているかな」

「先輩のお師匠さんですよね！　私も会ってみたいです」

「私から紹介するよ。とってもいい人だから、システィーもすぐ好きになると思うよ」

「楽しみです！　王都の近くまでしか出たことないから、先輩の故郷がどんな場所か早く見たいですよ！」

システィーは私の背中に抱きつきながら、私の故郷への期待を膨らませる。そこまで期待されると緊張するな。

王都より小さいし、本当にただの田舎の街なんだけど……。

実際に見てシスティーがガッカリしないか心配になりながら、ラルクが私を含むみんなに声をかける。

「それじゃ出発するぞ」

そうして私たちは王都を出発した。

目指すは私の生まれ故郷。お父さんやお母さん、先生たちに早く会いたい。みんなにラルクのことも紹介しなくちゃ。

◇◇◇

馬での移動は最短三日間。休みなしでスムーズに移動できた場合の日数で、実際はもっとかかった。

途中の街で一夜を過ごし、夜の移動はなるべく避けて、夕日が沈む前には安心して眠れる場所を探す。

私たちというより、王子様であるラルクの安全を第一に考えた移動は、最短よりも二日多い五日間が経過した。

そうして目的地へ近づくにつれ、見える景色に懐かしさを感じていく。草木とか林くらいしかない田舎道を通り抜け、私たちはたどり着いた。

私にとっては帰ってきたと言うべき場所へ。

「——ただいま」

三年ぶりに帰ってきた私の生まれ故郷。久しぶりでも、視界に飛び込んできた光景は当時のままでホッとする。

森の真ん中をくりぬいて作られた円状のスペースを柵で囲い、地面を軽く整えただけの道と、左右には二階建て以下の建物が並ぶ。

王都というこの国で一番大きな街を知っていれば、同じ街と呼ぶにはあまりに小さすぎるだろう。

それでも私にとっては大きく感じる。子供の頃の視線は低くて、全部を見上げなくてはいけなかったから。あの頃の印象のままだ。

「ここが先輩の故郷なんですね」

「うん」

「思ってたよりも小さいですね」

「王都と比べないでよ？　これでも近隣の村よりはずっと広いんだから」

この街の周囲にもいくつか村がある。その村々と比較したら、ここルートは栄えている大きな街なんだ。

そうは言っても王都と比較したら小さいし、システィーには期待外れだったかもしれないな。

そんなことを考えていると、街の人たちがぞろぞろと集まってきた。位の高そうな人たちが馬に乗って何人もやってくる。こんなこと、私が暮らしていた頃にもなかったから、みんな驚いているみたいだ。

集まってきた人の一人が、私のことに気付く。

「あれ？　アレイシアちゃんじゃないか？」

「本当だ！　アレイシアちゃんだ」

「呼ばれてますよ先輩！」

「うん。ただいま皆さん！」

小さな街だからこそ、ご近所さんはみんな親戚みたいな関係になる。一人が私に気付くと、次々に私の名前が聞こえてくる。

一人一人の顔を確かめていく中で、私はずっと会いたかった人たちの姿を探す。

今のところは見つからない。騒がしさに気付いて、また一人二人と家から出てくる人たち。

そして――

「なんだか外が騒がしいな」

「お客さんが見えたみたいよ。ほらあっちに――ちょっと貴方！」

「ん？　なんだ急に慌てて……」

人混みの奥、少し離れた場所でも二人の姿を見つけて、嬉しさが激流のように身体を流れる。

「アレイシア！」

「アレイシアちゃん！」

「ただいま！　お父さん！　お母さん！」

三年ぶりに再会した両親は、私を見つけるなり元気そうに駆け寄ってくる。その様子に安心しながら、私とシスティーは馬を下りた。

それに合わせるように、ラルクや騎士さんたちも馬から下りていく。

「帰ってきたのかアレイシア！」

「急にどうしたの？　王宮でのお仕事はいいの？」

「うん。今日はそのお仕事で来たんだ。忙しくて会いに来られなくて寂しかったよ。会えて嬉しい」

私がそう言うと、二人も会いたかったと言ってくれた。お母さんなんて半泣きになって、お父さんも涙をこらえていた。

私が会いたいと思っていた以上に、二人も私に会いたいと思ってくれていた。それがわかっただけでも嬉しいし、幸せだ。

「仕事で来たというがアレイシア、そちらの方々は？」

「あ、うん、紹介するね。この子は私の助手をしてくれてるシスティー。今はまだ薬師見習いだけど、とっても優秀なんだ」

「そ、そんな～　優秀だなんて先輩照れますよ～」

「おうおうおう。アレイシアのお弟子さんみたいなものか。立派になって……」

照れるシスティーと対照的に、お父さんは感動して瞳を潤ませる。ちょっと紹介しただけで泣くほど喜ぶとは思わなくて反応に困る。

システィーの紹介でこれだけ喜んだり驚くのだと、彼が誰なのか知ったらどんな反応をするのだろう。

早く見てみたいという気持ちが生まれて、ラルクの方を振り向く。

私が呼ぶよりも先に気が付いて、彼は私たちのところまで歩み寄ってくれた。

「アレイシア。このお二人がお前の両親か」

「うん。お父さんとお母さんだよ」

「アレイシア、こちらの男性は？」

「紹介するね？　この人は――」

紹介しようとした私を、ラルクは私の前に手を出して止めた。

「挨拶は自分でするよ」

「じゃあお願いしようかな」

私は一歩下がり、代わりにラルクが一歩前へ出る。お父さんとお母さんは、ラルクから感じられる高貴な雰囲気にあてられて、緊張しているように見えた。

ピタっと固まってしまうのも無理はない。辺境で顔を見る機会はないから、直接誰かはわからないけど、彼の身なりや雰囲気を見れば位の高さはわかる。

もっとも、たぶん二人が想像しているよりもずっと偉い人なんだけどね。

「初めましてお父様、お母様。私はユーステッド王国第二王子、ラルク・ユースティアです」

「「だ……第二王子様⁉︎」」

「ふふっ」

思った以上にいい反応を見せた二人に、私は思わず笑ってしまった。どこかの貴族様かと思っていたんだろうけど、そんな程度じゃないよ。

ラルクの挨拶を聞いた二人は、驚きすぎてアワアワしながら私の方へ視線を向ける。その視線は、本物なのかと問いかけているようだった。

だから私は、本物だよという意味を込めて、こくりと頷いた。すると二人はラルクに視線を戻し、慌てて平伏する。

「し、失礼いたしましたラルク殿下！」

「お、お会いできて光栄です！」

二人が平伏した直後から、他の住人達も次々に頭を下げ、膝をつく。王族を前にしたときの本来の反応はこれが正しい。

私は彼らの姿を見ながら、ラルクと初めて出会った時のことを思い出した。名前を聞いて、彼が王子だとわかっても頭も下げずにいて……本当に失礼だったと後悔している。

「どうか楽にしてください皆さん。今日は街の視察で来ただけです。突然のことで驚かせてしまったこと謝罪します。どうか皆さんは普段通り過ごしていてください」

「は、はぁ……そう言われましても」

ラルクが楽にして良いと言っても、みんなは平伏したまま固まっていた。無礼のないように細心の注意を払い、顔を上げることなく。

そんな様子にラルクは困った様子で呟く。

「まいったな。俺は畏《かしこ》まられるのは苦手なんだが」

「ラルクって敬語も苦手だよね」

「使い慣れないんだよ。昔は練習でよく舌を噛んでたし」

「ふふっ、ラルクらしいね」

私とラルクのやり取りは、端から見ても仲の良い友人のように見えるだろう。見せつけるわけじゃないけど、こうして話して見せることで、彼の人柄が伝わってほしいと思った。

多少は伝わったのか、みんなは奇跡でも見るような目で私たちを見る。

たかが宮廷薬師とこの国で一番偉い人が楽しそうに会話している様子は、まさに夢の中の話に見えるだろう。

私ももっと公の場所ならば、ラルク相手にも畏まっていた。彼が連れてきた騎士さんたちも私と彼の友人関係を知っているし、システィーは今さら語るまでもない。

事情を知らない街の人たちだけが、キョトンとした顔で見つめている。

「ア、アレイシア？」

「大丈夫だよお父さん、みんなも普段通りにしていいから。ラルクがいいって言ってるんだから」

「そういうことだ。必要なら命令しようか？　普段通りにしろって。あんまり命令とかも好きじゃないから、ホント自然にしてほしい」

「は、はい……わかりました」

最初にお父さんがゆっくりと立ち上がって、それを見ていたお母さんが次に立ち上がった。二人が視線を高くしてもお咎めがないことを確認すると、街の人たちも安心してくれたようだ。

畏まった雰囲気は残っているけど、一先《ひとま》ずは普段通りに近づいたことに私とラルクは顔を見合わせホッとする。

目立つ挨拶も終わったところで、ラルクが街の人たちに生活へ戻るようにお願いした。恐る恐るみんなは立ち去っていく。

お父さんとお母さんの二人は、私の元に残っていた。

「アレイシア、一体どういうことなんだ？　殿下とあんな親し気に……宮廷薬師になるとみんなそうなるのか？」

「そういうわけじゃないよ。ラルクがちょっと変わってるだけ」

「おいおい。俺が変な奴みたいな言い方はやめてくれよ。初対面の時を考えたら、変なのはお前だからな？」

「うっ、それを言われると何も言い返せないなぁ」

あまり当時のことは掘り返さないでほしいな。自分でも失礼だったと今では反省しているんだから。

私とラルクの会話を、二人は未《いま》だ信じられない様子で眺めていた。そんな二人にラルクは改めて言う。

「お父様、お母様、こうしてお会いできる日を楽しみにしていました」

「え、私たちにですか？」

「ラルク殿下が？」

「はい。彼女、アレイシアは王宮でも特に優れた功績を残しています。私が知る薬師の中で、彼女以上の腕の持ち主はいません。そんな彼女が生まれ育った街……彼女を育てた方々に、一度こうしてお会いしたかった」

丁寧な口調で話すラルクは、王子様としての感謝を二人に伝えていた。みんなには畏まらなくていいとか言ったくせに。

でも、そんな風に思ってくれていたんだとわかって、私は嬉しくて自然と頬が緩んでしまう。

「何をニヤついてるんだ？」

「え、ニヤついてないよ」

「嘘つくな。思いっきりニヤついてたぞ。なぁシスティー」

「はい！　とっても嬉しそうな顔をしてましたよ？　先輩」

システィーにまでハッキリと言われたらごまかせないじゃないか。私は恥ずかしくなって二人から顔を逸らす。

逸らした先でお父さんとお母さんと目が合って、二人が安心したように微笑んでくれた時、ふと思った。

好きな人を両親に紹介するという状況に、今まさに置かれているという事実に。

それに気付いた途端恥ずかしさは一気に膨れ上がって、自分でもハッキリわかるくらい顔と両耳が熱くなる。

それをごまかすように、私は二人に尋ねる。

「そ、そうだ！　先生は元気にしてるの？」

「ん？　ああ、先生なら薬屋さんにいらっしゃるんじゃないかな？」

「本当？　じゃあ挨拶に行ってくるね。後でまた家に行くから。少なくとも今夜は泊っていくことになるから」

「わかった。準備しておくよ」

多少の違和感は与えただろうけど、話題を変えることには成功してホッとする。

お父さんたちと別れた私たちは、そのまま街の薬屋さんに向かう。薬屋さんにはラルクも一緒に来ることになった。

「視察はいいの？」

「これも視察の一つだよ。薬屋はこの街で暮らす人たちにとって生命線だろ？」

「それはそうだけど……それだけ？」

「もちろん違う。俺も、お前の先生とやらに会ってみたい。お前がどんな場所で学んでいたのか知りたい」

ラルクは隠すことなく正直にそう言った。それはつまり、私のことを知りたいと言ってくれているようで。私は彼に見えないように横を向き、緩んだ口元を隠しながら歩いた。

薬屋さんはお店が並ぶ通りの奥にある。緑色のツルがまきついた看板が目印になっていて、建物は二階建て。

一階に受付があって、二階には薬を作るための薬室がある。子供の頃から通っていた学び舎にたどり着いて、建物を見上げる。

三年前より背も伸びた。最後に見た時よりも、建物が小さく見えることに、自分の成長を感じる。

「ここがアレイシアの原点か」

「うん」

「あの、お店開いてますか？　なんだか静かすぎる気が……」

「そういえば」

お店の扉には、開店と閉店を知らせる札がかかっている。今の時間ならやっているはずだけど、扉には閉店と書かれた札がかかっていた。

「閉まってるみたいだぞ？」

「本当だ。先生はいないのかな？　でもお父さんがいるって話してたし」

お店の前で私とラルクが悩んでいると、すたすたとシスティーが扉の方に近づいていって、ガチャリと音がする。

「あ！　扉は開いてるみたいですよ」

「本当？　閉店の時は鍵を閉めてるはずだけど、じゃあやってるのかな？」

「札のつけ間違いかもしれないな。開いてるなら入ってみるか？　アレイシアも一緒だし怒られはしないだろ」

「だと思う。先生がいたら気付いてくれると思うしね」

先生はマメな人で、札をかけ間違えるとは思えない。とりあえず開いているなら入ってみようと話がまとまって、私たちは薬屋さんの中へ踏み入った。

「先生！　アレイシアです」

入ってから声をかけ、返事を待つ。数秒待っても返事はなく、シーンとした静寂だけが戻ってくる。

お店の明かりもついていない。受付にも人はいないから、本当に閉まっていたのかも。だとしたら玄関を開けっぱなしにして不用心だ。

街には泥棒をするような人はいないと思うけど、薬はそれなりに高価だし戸締りはしっかりしなくちゃいけない。

先生がその辺りを失念するとは思えないから、何かあったのかと不安になる。

すると、天井からガタンと音が聞こえた。音に気付いたラルクが、天井を見上げて呟く。

「二階からか？」

「うん。二階は薬室になってて、薬を調合したりする部屋があるんだ」

「じゃあ二階に先生さんがいらっしゃるかもしれませんね！」

「どうかな。だったら呼んだ時に来てくれる気も……」

なんとなく不安になる。先生も若くない年齢だし、何かあったのではないかと。

その不安がラルクにも伝わったらしくて、彼は私の肩をトンと叩いて言う。

「行って確かめよう。泥棒とかだったら俺が懲らしめてやる」

「ありがとう。無茶はしないでね」

「お互いにな。階段はこの奥か」

「こっちにありますよ！」

システィーが先に階段を見つけて、こっちだよと手を振っている。彼女の声は大きいし通りやすい。

決して広い家じゃないから、一階の声や歩く音が聞こえるはずなのに。さっきの音は誰かいたと思って間違いなさそうだった。

まさか本当に泥棒がいるんじゃないか。

もしラルクが怪我をしたらどうしようと不安な気持ちになりながら、私たちは階段を上がる。

警戒しながら進み、階段を上ってすぐの扉を開けると……。

「ここが薬室だよ」

「薬がいっぱい！　匂いも王宮の薬室と似てますね」

「薬を扱ってるのは同じだからね。それよりも」

「ああ。誰もいない……いや、誰かいるな」

薬室にある茶色いソファーで、毛布をかぶってもぞもぞ蠢《うごめ》く何かがいる。先生が薬室で寝ているところなんて見たことがない。

この時私は、先生以外でもう一人、この薬室にいても不思議じゃない人物が頭に浮かんでいた。

警戒するラルクは、腰の剣に手を触れている。

「ちょっと待って。もしかして、フリーミアおばさん？」

「——ん？　誰がおばさんだって！　私のことはお姉さんと……ってあれ？　もしかしてアレイシアちゃん？」

くるまっていた毛布から現れた赤い髪の女性。透き通るような白い肌と、ルビーのように赤い瞳。大人の女性の雰囲気を醸し出しつつ、だらしない乱れた服装で顔を出す。

「知り合いなのか？」

「うん。元々はこの人に会いに来たんだ」

「え？　じゃあお姉さんが魔法使いさんなんですか？」

「魔法使い⁉」

ラルクが声を大にして驚く。そういえば彼には、研究のために街へ戻りたいという話しかしていなかった。

「んん？　なんだか見ない顔もいるけど？」

「ご無沙汰しております。フリーミアおばさん」

「久しぶり。で、おばさんはやめなさいって言ってるでしょ？　そこの二人が誤解しちゃうじゃない」

「ちょっと待てアレイシア！　魔法使いってどういうことだ？　この女の人が魔法

使いなのか？」

　突然のことで動揺したラルクは、慌てた様子で私の両肩をつかみ、顔を近づけて何度も質問してきた。

　こんなにも驚いた彼を見るのは初めてかもしれない。それくらい魔法使いという単語は唐突で、刺激的だったようだ。

「う、うん。魔法使いのフリーミアおばさんだよ。私の先生の師匠さんでもあるんだ」

「もう何度もおばさんって呼ばないで。それにしてもいい男ね？　あら、アレイシアちゃんの彼氏？」

「ち、違いますよ！」

　咄嗟に勢い良く否定してしまった。と、後悔する余裕もなく、フリーミアおばさんはニヤっと笑ってラルクに言う。

「だったら私がもらっちゃおうかしら～」

「そ、それは駄目です！」

「あらそうなの？　だったら止めておこうかしら。アレイシアちゃんに怒られちゃいそうだし」

「う……もう、からかわないでくださいよ」

この人は昔から、私や先生をからかって遊ぶのが好きなんだ。修行時代もよくからかわれて、ちょっぴり苦手意識がある。

こういうやりとりに懐かしさを感じつつ、さっそく疲れてため息をこぼす。

「あの、先生はいないんですか？」

「あいつなら他の村に出張中だよ。いない間は私が店番してあげてるの。というか貴方たちどうやって入ってきたの？」

「……普通に玄関開いてました」

「あ……戸締り忘れてた」

こういう抜けている所もあるんだ。先生がしっかりしているお陰でバランスが取れていた関係だと思う。

と、ここで私は会話に置いて行かれている二人に気付き、慌てておばさんに二人を紹介することに。

「えっと、おばさん紹介するね？　この子が王都で私の助手をしてくれてるシスティー」

「よ、よろしくお願いします！」

「隣はラルク。この国の王子様なんだよ」

「どうも」

ラルクが王子様だと聞いてもおばさんは驚かなかった。ちょっとだけ眉をぴくっと動かした程度の反応だ。

さすが、私たちよりずっと長く生きているから、これくらいのことじゃ驚かないんだね。

「ちょっとアレイシア、また私のこと年寄り扱いしたでしょ」

「な、なんでわかるんですか」

「大体わかるのよ。あなたはわかりやすいからね。そういう所も師匠に似たのかしら？」

「先生は確かに顔に出やすかったですね」

嫌なことがあるとすぐ顔に出る。おばさんにからかわれている時の先生は、いつも嫌そうな顔をしていた。懐かしい思い出が浮かんで、先生に会いたくなる。

「先生はいつ頃戻られるんですか？」

「まだ当分は戻らないわよ。出発したのも今朝だから」

「そうなんですか。じゃあ入れ違いになっちゃったんだ……」

「ええ。それで、わざわざこんな田舎に何しにきたの？　私に用事があるって言ってなかった？」

その通り。先生に会いたい気持ちはあるけど、私がここへ戻ってきた目的は、おばさんに会うためだった。

「おばさん！　ポーションを見せてもらえませんか！」

「ポーション？」

「はい！　できたら作ってる様子とか、材料とかも教えてほしいんです！」

「それは別に構わないけど、急にどうしたの？　ここにいた頃は全然魔法にも興味なしって感じだったのに」

それはそうだった。あの頃は薬学の勉強で忙しくて、他事を考えている余裕もなかったし、何より興味がなかったんだ。

私に魔法は使えない。使える人のほうが少ない。だから自分には関係ないことだとずっと考えていた。

だけど今は、その力こそがヒントになるかもしれない。そう思って、長い旅を経て戻ってきたんだ。

「薬師の道は諦めちゃったわけ？」

「違いますよ。万能薬を作るために、ポーションを参考にしたいんです」

「ああー、そういうことね。いいわよ別に。ちょうど暇してたところだったから、いい退屈しのぎになるわ」

「ありがとうございます！」

気前よく引き受けてくれたおばさんに頭を下げてお礼を言う。ポーションからヒントを得られれば、万能薬に一歩近づける。

そんな予感を胸に抱き、おばさんの準備を三人で手伝った。手伝いをしながらラルクには、ここに来た経緯を詳しく説明した。

「そういうことは先に教えてくれ。魔法使いに会うなんて予想外だった」

「ごめん。言い訳させてもらえるなら、私も先におばさんと会うなんて思ってなかったんだ」

「この子はまたおばさんって呼ぶ！　昔から言ってるでしょ？　フリーミアお姉さんと呼びなさいって」

「俺も気になってたんだが、アレイシアはなんで頑なにおばさん呼びなんだ？」

ラルクはおばさんには聞こえないよう小声で私に尋ねてきた。確かに見た目だけなら若くて、室長さんよりも年下に見えるほどだ。

だけど私は知っている。この人が魔法使いで、何をごまかしているのかを。ラルクにも伝えるため、彼の耳元でそっと囁《ささや》く。

「おばさん、ああ見えて八十歳超えてるんだよ」

「なっ！　八十⁉」

「ちょっとアレイシアちゃん！　何教えてくれちゃってるの！」

「なんですかなんですか？　なんの話ですか！」

システィーだけ驚いている理由がわからなくてアタフタしている。ラルクだけに教えて彼女に教えないのは不公平だ。

からかわれた仕返しも兼ねて、今度は大きな声で全員に聞こえるように話す。

「おばさんは八十歳超えてて、見た目は魔法でごまかしてるんだよ」

「えぇ！　そうだったんですか！」

「魔法で……」

「あーもういいわ。そうよそう。おばさんでも婆さんでも好きなように呼びな」

実際の年齢は確か、今年で八十二歳になるはずだ。真実をバラされたおばさんはふてくされてそっぽを向く。

そんな態度には初々しさを感じなくもない。実際はおばあちゃんだけどね。

おばさんはふてくされながら準備をせっせと進め、私たちも言われた通りの材料を用意する。

ポーションの素材になる薬草数種、ハーブ数種、そして瓶いっぱいの水。準備しながら素材をチェックしているが、特に変わった様子はない。

種類的にも全部私が知っている薬草たちばかりだ。仮にこれをすり潰して薬に替えても、万能薬は作れないだろう。

「準備はできたね？ それ全部こっちの台に乗せて」

「ここでいいんですよね？」

「そうよ。アレイシアちゃんも見たことはあるでしょ？ 錬金術用の台座」

「はい」

石を切り抜いて作られた台座には、円状の錬成陣が彫り込まれている。見たことはあっても、実際に使うところを見るのは初めてだ。

準備を済ませた私たちは、おばさんから少し距離を取り様子を見守る。

「じゃあ始めるわよ。すぐ終わっちゃうから見落とさないようにね」

「はい」

おばさんが台座に両手をかざす。すると、台座に刻まれた錬成陣が光を放ち始める。淡く白い光に包まれる。

「綺麗……」

「これが魔法なのか」

「そうだよ」

驚くシスティーとラルク。その隣で私は冷静に、ポーションが作られる様子を観察していた。

淡い光は聖女の力によく似ている。とはいえ中身はまったくの別の物で、魔法と聖女の力は異なるもの。ただしどちらも、普通の人間からすれば奇跡みたいに見えるんだ。

キラキラして、不思議な光景が広がる。台座に置いた素材たちが光に包まれると、形が変化し一つにまとまっていく。

その様子は幻想的で、言葉では上手く言い表せない。光が一瞬だけ激しく明滅した直後、瞬きを終えたらすでに錬成は終わっていた。

台座には、一本の瓶に入った青い液体が残っている。

「はい完成。これがポーションだよ」

「いつの間にかできてます！」

「凄いな。これが魔法なのか」

「ふふっ、満足してもらえたみたいだね」

驚く二人におばさんはご満悦だ。

できた上がったポーションを手に取ると、そのまま私に差し出してくる。

「はいこれ。調べたいんでしょ？」

「ありがとうおばさん。それでその、しばらくここを使ってもいいですか？」

「別に構わないよ。私の代わりに店番してくれればね」

おばさんは快く了承してくれた。次に私はラルクに視線を向ける。

「ラルク、ポーションを調べたいから、しばらくここに残りたいんだけど何日なら滞在してもいいかな？」

「うーん、そうだな。近隣の村々も視察するってことにして、最大でも五日間くらいならいいぞ」

「五日……うん、わかった」

期間は短いけど仕方がない。五日間で万能薬に繋がるヒントを見つけ出すんだ。

私は気合いを入れてぐっと手に力を込める。

この日から私たちはルートの街に残り、おばさんが作ったポーションの分析を始めた。

視察に来たはずのラルクもなぜか私の手伝いで薬室に残っている。視察は部下たちに任せてあるから大丈夫らしいけど、本当にそれでいいのかと心配になった。

私としては人手は多いほうがいいし、何より彼と同じ時間を過ごせるなら願ったり叶ったりなのだけど。

こうして始まったポーション解明は、最初から驚きの連続だった。

「先輩見てくださいこれ。もう別物ですよ」

「そうね。元になった素材の原形がない。まったく別の物質に変わってる」

「錬金術はそういうものよ。ただ素材を混ぜ合わせるんじゃなくて、一度細かく分解してから再構築するの」

「魔法だから起こせる奇跡だな。同じことを力をもたない人間ができるとは思えない」

ラルクの言う通り、同じ物は作れない。私たち薬師の調合は、素材を加工してかけ合わせたりするだけで、分解して再構築なんて芸当は不可能だ。

ただしでき上がった物を細かく調べて、似た成分に近い薬を作ることはできる。

私たちが今やっている作業は、でき上がったポーションを様々な方法で調査、観察して特性を理解することだ。

この作業が一番重要で難しい。何が難しいって、素材はわかっているのに、でき上がった物に素材の原形がないことだ。

まさに理解不能な奇跡、これが魔法なのだと思い知らされる。

「先輩、これを再現するのって無理なんじゃ……」

「同じは無理だね。でもなんとかなる気はする。結局は元の素材の成分を合わせた物だし、抽出方法を工夫すれば……」

「試してみればいいんじゃないか？　悩むより試して結果を見よう。じゃないと時間がもったいない」

「そうだね。試せることを試そう」

五日間という限られた時間の中で結果を出す。緊迫感は別だけど、状況だけならあの時に近い。

ひと月という猶予が与えられ、私たち薬師の存在意義を証明した時と。あの時とは向き合っている問題の大きさが違うけどね。

魔法を薬学で解明するなんて、千年前の人たちでも試してこなかったことを、私たちはやろうとしている。

簡単なはずはない。それでもなぜだか、できないとは思わなかった。

◇◇◇

一日はあっという間に過ぎて、二日目。

私たちは薬室に顔を出し、昨日に続けてポーションの解析に取り組んだ。それと並行して薬の調合も行う。

不足した素材を買い出しに行ったり、でき上がった薬を調べたり、やることは山ほどあって、王宮で働いていた時より慌ただしい。

「システィー、こっちの調合も試してもらえる？」

「わっかりました！」

「お願いね。ラルクはこっちを手伝って」

「わかった」

作業中は雑談なんてしている暇もない。それでも忙しい中に楽しさを感じて、全然苦には思わなかった。

私以外の二人も、どこか楽しそうな表情が見える。システィーもラルクも、汗を流しながら時折見せる笑顔に、私はホッとしていた。

そうして時間が過ぎ、順調に研究は進んでいく。三日、四日とかけて万能薬へと着実に近づいていた。

そうして四日後の夕暮れ。

「はぁ……もうこんな時間だ」

「だな。今日はここまででいいか？」

「うん。あと一日あればなんとか……できるかな」

「アレイシアならやれるさ。難しいことはさっぱりだけど、今だってちゃんと完成に近づいてるんだろ？」

ラルクに尋ねられ、私はこくりと頷く。

ポーションのことを知ることで、行き詰まっていた万能薬開発が一気に進んでいるのは確かだ。まだ完成とは呼べないまでも、試作品くらいはできそうなところまで来ている。

あと一日あれば、何かしらの結果が出せるはずだと、私自身も感じていた。

「ありがとね、ラルク。手伝ってくれて」

「いいよ。お前の目標は、国にとっても有益だからな。あ、だからって無理してやろうとするなよ？　俺たちに黙って夜も仕事とかしてないよな？」

「してないよ。最近は疲れて夜はぐっすり寝てるし」

「ならいいけど」

ラルクは心配性だな。私のことを心配してくれるのは、素直に嬉しいけどね。

そんなことを思いながら二人で会話を弾ませていると、それをおばさんがじーっと珍しそうに見ていた。

「ふーん、ねぇシスティーちゃん」

「なんですか？」

「ちょっと聞きたいんだけど、あの二人って――」

「はいはい」

二人はこそこそと耳元で何かを話している。私とラルクには聞こえないように。

おばさんがシスティーに何かを言うと、システィーは目をぱーっと開いてキラキラに輝かせながら言う。

「やっぱりわかりますか⁉」

「ふふっ、そういうことなのね？」

「はい！　そういうことです！」

「なるほどねぇ～」

何かに気付いたおばさんは、私とラルクをニヤニヤしながら見つめていた。

背筋がぞわっとする寒気を感じて、私は身を護るように後ずさる。

「ねぇねぇ二人とも、ちょっと見てもらいたいものがあるんだけどいいかしら？」

「俺たちに？」

「ええ、そう。二人によ」

「……」

凄く嫌な予感がする。おばさんの顔から、私をからかう時の楽しそうな雰囲気が漏れ出ている。

絶対にろくでもないことを企んでいるに違いない。

「何を考えてるんですか？」

「そんなに警戒しないで。二人にとってすごくいいものなの。これよこれ」

「ん？　それって手鏡？」

「みたいだな」

おばさんが私たちに見せてきたのは、どこにでもある普通の手鏡だった。おばさんは手鏡をラルクに差し出し、彼はなんの警戒もせずそれを受け取る。

「それを二人が映るように持ってみて」

「二人？　俺とアレイシア？」

「そうよ。できるだけ近づいて、ちゃんと顔が入るようにして」

ラルクが言われた通りに手鏡を持ち、私と肩がぶつかるくらい近づいて、二人の顔が鏡に映る。

「こうか」

「はい。じゃあいってらっしゃい」

「え？」

「いって――あれ？」

意識が遠のいていく感覚。目の前が暗くなって、静かに眠りについていく。薄れゆく意識の中で私は思う。

やっぱりおばさんは良くないことを考えていたんだ……と。

「ふ、二人とも寝ちゃいましたよ！」

「ふふっ、これで面白くなるわ」

「どういうことですか？」

「私ね？　長く生きてるせいか、こういうじれじれっとしたのは我慢できないのよ。

好きなら好きでちゃーんと伝えなきゃ」

◇◇◇

意識が薄れていく感覚が終わり、閉じた瞼《まぶた》を開ける。

「う、う……あれ、ここ……」

「アレイシア、平気か？」

「うん」

私の隣にはラルクもいて、同じタイミングで気が付いたようだ。薬室にいたはずの私たちが立っているのは、真っ白で何もない世界。

床と天井が曖昧《あいまい》で、どこに立っているのか不安になるほど白く続く空間に、私とラルクだけがいる。

右を見ても白、左を見ても白、本当に何もない。

「何が起こったんだ？　ここは一体……」

「たぶんおばさんの魔法だよ。さっきの手鏡って、普通に見えたけど魔法の道具だったんじゃないかな？」

「魔法？　じゃあ俺たちはどこかに飛ばされたのか？」

「どちらかというと同じ夢を見せられてるのかも。鏡を見た後に眠くなったでしょ？　そういう魔法だと思う」

まったく油断してしまった。あの表情をしていたおばさんが、何もしてこないはずないのに。見た目がただの手鏡だったからつい警戒心を解いてしまったよ。

「あの人、俺たちに魔法をかけて何がしたいんだ？」

「わからないよ。からかいたいってことだけは間違いないね」

「からかうために魔法って、やりすぎな……ん？　アレイシア下を見ろ」

「下？」

言われた通りに下を向く。真っ白だった床には、広大な森が広がっていた。正確には森の中で、見覚えのある姿も映っている。

忘れるはずもない。私たちの足元に映し出されていた光景は、私とラルクが初めて出会った時の記憶だ。

「これって、俺たちの記憶か？」

「そうかも。私たちが初めて会った場所だよね？」

「ああ、懐かしいな。森で迷子になってたアレイシアを俺が見つけたんだっけ？」

「うん。木から降りる時にラルクが怪我をして、それを治療したんだよ」

懐かしい光景が映し出される。魅入っていると次の場面に切り替わる。今度は宮廷薬師になった私と、それを祝いに来たラルクだ。

その後も二人で話す光景が次々と映し出されていった。見ているうちにわかったけど、これは私たち二人が揃っている記憶だ。

一人一人の記憶ではなく、言うなれば二人の思い出を投影している。私たちが共に歩んできた道のり、今日までの。

「改めて見ると結構長く一緒にいるよな、俺たちって」

「うん」

思い出を振り返りながら、私は心の中で考えていた。いつから私は、ラルクのことが好きになったのだろう。

客観的に見た自分の表情を確かめながら、自分の気持ちを紐解《ひもと》いていく。好きだと気付いたのはごく最近のことだった。

けれども好きになったのはずっと前、もっと前……思い出の中の私はいつも楽しそうな顔をしている。

ラルクと話すとき、彼が薬室に来てくれただけで、疲れも吹き飛んだように笑顔になる瞬間があった。

　思えばいつだって、彼と話す時間が楽しくて、そんな日々が当たり前みたいに続いてほしいと願っていたんだ。

「ああ……そっか。最初から好きになってたんだね……ラルクを」

「――え」

　無意識だった。思い出を振り返り、彼のことを考えていた私の胸から本音がこぼれ出てしまった。

　咄嗟に口をつぐみ、ラルクのほうを見る。彼と目が合って、しばらく見つめ合う。

「えっと、あの……今の違って」

　つい言ってしまったと後悔して、どうごまかそうかと頭を悩ませた。でも、口にした思いは真実だ。

　私は彼のことが好きで、ずっと好きになっていた。思いに気付く前からも、彼への好意は強くなり続けていた。だから不意に漏れてしまったんだ。

　だったらもう、隠すことはできない。万能薬ができたらとか、目標を達成したらとか、真面目な理由を作って先延ばしにしてきたけど。

　一度言ってしまったのなら、もう止まることはできない。ごまかすなんてしたくなかった。

「私、ラルクが好き」

だから言った。今度はハッキリと、彼に伝えるように。胸に秘めた思いを嘘偽りなく口にして。

私は答えを待つ。お見合いの時に彼が言った好きな人が、自分であってほしいと願いながら、高鳴る鼓動を隠すように胸を押さえて。

「あの……ラルク？」

「ずるい」

「え？」

「ずるいぞアレイシア！　俺から伝えようと思ってたのに！」

予想していなかった答えに、私は思わずぽかーんと口を開けたまま固まる。

「あーもう、まさか先を越されるなんてな」

「えっと……ラルクは私のこと」

「好きだよ。ずっと好きだった！　いつかお前を王子妃に迎えるって決めて、兄上にも宣言したんだぞ」

「え、えぇ!?　そうだったの？」

私の知らない所でアンデル殿下にも伝えていたの？

いつの間にそんなことを？

怒濤のように新しい事実を知って、私の頭の中はパニックだ。だけど、彼が私を好きだと言ってくれたことだけは、ハッキリと耳に残っている。

この思いは私だけじゃなかった。ちゃんと彼も、私のことを好きだと思ってくれていたんだ。

それが嬉しくて、嬉しくて……涙が出そうになる。

「本当はもっと準備してから伝えるつもりだったんだよ。俺は王子で、立場があるからさ」

「うん……私も成果を出してからって思ってたんだけど……我慢できなかったみたい。ラルクが好きだって気持ちに」

「ったく、そんな風に言われたら嬉しい以外ないだろ」

「私も嬉しい。ラルクの気持ちが知れて」

ずっと知りたかった。長年の夢だった万能薬のことよりも気になって仕方がなかった。恋は人を盲目にする、なんて言葉があるみたいだけど、本当にその通りだったと実感したよ。

いろんなこと忘れるくらい、見えなくなるくらいに、好きな人のことを考えてしまうんだから。

「ラルク、私頑張るよ。必ずみんなに認められるくらい大きな成果を残してみせる」

「ああ、期待してる。その時になったら、今度こそ俺から言わせてくれ。このままじゃ格好つかない」

「ふふっ、そんなことないよ。ラルクはいつだって格好いいよ」

「ありがとう。そう言ってもらえると俺は……」

目と目を合わせ、手と手を合わせ。互いを強く意識するように距離が近づき、触れ合う面積が増えていく。

夢の中でもお互いの温もりは感じるんだ。彼の温かさに溶けそうになりながら、私たちの意識は現実へと戻される。

白い空間から抜け出した現実では、ソファーに肩を寄せ合って座り、手を握ったまま目を覚ます。

「ここは……」

「魔法が解けたのか？」

「お目覚めかしら？　二人とも」

私たちの前には、ニヤニヤしながらこっちを見つめるおばさんの姿があった。

「どうかしら？　いい体験ができたでしょ？」

「……そうですね」

「お陰さまで」

悔しいけど、夢みたいに素敵な体験だったよ。

第五章

聖女と元聖女の奇跡

故郷ルートから帰還した宮廷薬師《くすし》アレイシアは、ポーションの成分からヒントを得た万能薬の試作品を発表した。

発表した万能薬は、三種類の液体を症状や病に合わせて組み合わせることで、数種類の効果を発揮するというものだった。

彼女曰く、まだ万能薬と呼ぶには至っていない代物だったが、多くの薬師や医者たちからすると、まさに奇跡と呼べるものだった。

製造方法が特殊である点を除けば、使われている素材も平凡で安価。一般薬師にも入手が容易であり、調合方法も開示されているため専門知識さえあれば誰でも作ることができる。

特効薬が用意できない緊急時や、王都で流行《はや》った新種の病に対する一時薬といった多くの場面で活躍が期待される。

この偉大な発明に、多くの者たちが驚き、人々は一種の安心感を抱いた。もし病気にかかっても、街のお医者さんや薬屋さんを頼ればいい。

身近に命を支える薬がある。それは命ある者にとっての希望であり、誰にとっても喜ばしいことだっただろう。

ただ一人の例外を除いて……。

「どういうことなの？　全然人が来ていないじゃない」

ぼやく彼女は聖堂を見渡し、開かない扉をじっと見つめながら苛立ちを表情に出す。聖女となったミランダ・ロードレスは、聖堂で聖女としての務めを果たし続けていた。

病める者たちを癒《いや》し、悩める者を正しき道に導き、聖女らしく天から告げられた言葉を代弁する。

彼女の存在に、対応に、人々は何の不満も感じていなかっただろう。それでも聖堂を訪れる人が減ったのは、彼女を必要とする人が減ったことを示している。

王都を襲った新病に対する特効薬の開発に、あらゆる病気に対応した万能薬を発表したことで、病気に悩む人々は聖堂ではなく、街の医者や薬屋へ足を運ぶ。

元々聖堂は王城内にあり、人々が暮らす区域とは距離が離れていた。その影響もあって、わざわざ足を運ぶ人が激減したのだ。

しかしこれは喜ばしい事実である。なぜならそれだけ多くの人たちが安心して生活できているということだから。

聖女であるなら喜ぶべきことだろう。

だが、今の彼女の心を満たしているのは、喜びよりも怒りだった。

「アレイシア……またあの女なの？」

聖女になる以前から嫌っていたアレイシアが、未《いま》だに注目を集めている。王子であるラルクが親しくしていること。一時期は見限っていたはずのアンデル王子も、彼女に期待を寄せていると耳にするようになった。

彼らだけではなく、着実に成果を出す彼女に対する評価は、王宮内でも確かなものになっていた。

一部の者たちは、功績に見合った待遇をするべきだという声も上がっている。そんな評判を耳にするほど、ミランダの中で燃える炎はさらに猛々《たけだけ》しく燃える。

そこへ扉が開く音が聞こえる。咄嗟に表情を戻し、聖女らしくにこやかな態度を作るミランダ。

聖堂にやってきたのは騎士の男性だった。

「聖女ミランダ様、国王陛下より書状をお持ちしました」

「陛下からですか？」

「はい。こちらを」

「ありがとうございます」

書状を受け取ったミランダは、その中身を確認してニヤっと笑みを浮かべる。

「ふふっ、これは使えそうね」

書状に記されていたのは、国王から聖女への依頼だった。依頼内容は、魔物の呪いに犯された兵士たちの治療である。

その依頼分の最後には、必要であれば宮廷薬師を同行させることも検討する、と記されていた。

◇◇◇

ルートから帰還して一週間が経過した。万能薬の試作品を発表したのが三日前で、昨日までは慌ただしかったけど、ようやく落ち着いた。

私とスティーは室長さんの執務室に呼ばれて足を運ぶ。なんでも私に話があるそうだ。

「なんなんでしょうね？　話って」

「なんだろうね？　新しい依頼かな？」

「もうですか？　せっかく一段落着いたんだから休んだほうがいいですよ」

「まだ依頼だって決まったわけじゃないよ」

そうだとしても、依頼なら引き受けてしまうのが私なんだけどね。宮廷薬師に依頼が来るということは、誰かが苦しんでいるということだから。

確かに最近は特に忙しかったけど、不思議と疲れは感じてない。気付いていないとかじゃなくて、本当に疲れていない。

あの日、ルートでラルクと思いを伝えあい、確かめ合った時から、私の身体は羽が生えたみたいに軽くなった。今ならなんでもできる気がする。

トントントン――

扉をノックして、室長さんの許可を得てから扉を開ける。中に入ると、室長さんと一緒にレン君もいた。

「いらっしゃいアレイシアちゃん、システィーちゃんも」

「おはようございます。室長さん」

「レン君もおはようございます！」

「おはようございます、二人とも」

どうやら呼び出されたのは私だけじゃなくて、レン君もらしい。室長さんは散らかっている机の上から一枚の依頼書を取り出す。

「さっそくだけど依頼が来てるわ」

「やっぱり依頼でしたね」

「そうだね」

「人気者だからね～　今回は国王陛下から直々の依頼だよ。だから断るって選択肢はないからね」

室長さんから先に念を押されてしまった。元より断るつもりはなかったけど、国王陛下からの依頼だったとは。

かなり重要な依頼なのだろうと思い、ごくりと息を呑む。

室長さんは依頼内容を私たちに口頭で説明してくれた。室長さんの話をまとめると、王都の東にある街で魔物による被害が出ているという。

魔物の群れが街の外に巣くっていて、騎士たちがその対処に追われている。騎士や街の住民にも被害が出ているから、その治療に協力してほしい。

内容的にはこの通りだったが、一つだけ気になる単語が聞こえてきた。

「負傷者の中には呪いにかかってしまった者もいるそうだよ」

「呪いですか？」

「ええ。魔物に傷を負わされた騎士のうち数名が、原因不明の症状に悩まされているみたいね。中には突然亡くなってしまった人もいるって書いてあるわ」

呪い、病や怪我に分類されない原因不明の症状の総称。千年前にも、魔物との戦闘で負傷した兵士が、謎の症状に見舞われ苦しむことがあった。

薬による治療は叶わず、自然回復も見込めない。当時から呪いを治すことができたのは、聖女の力だけだった。

「あの、室長さん。この依頼に参加するのは私たちだけですか？」

「違うわ。最初に依頼が行っているのは聖女様によ。こっちに来たのは聖女様のサポート役として、優秀な薬師を二名同行させること。私としてはアレイシアちゃんとレンを推薦するわ」

「僕はあまり行きたくないんですけど。遠出とか」

「はいはい文句言わない。レンが優秀だから推薦するのよ？　あ、ちなみに同行できるのは二名だから、システィーちゃんはあたしとお留守番ね」

「えぇ！　そんなぁ〜」

自分は一緒に行けないと知ってガッカリするシスティーが可哀想になって、私は室長さんに質問する。

「私とレン君が行くのは決定なんですか？」

「ほぼ決定ね。アレイシアちゃんに関しては、国王陛下と聖女様からも強く推薦されているから」

「聖女様って、ミランダさんが？」

「ええ」

意外過ぎて私は目をパチッと見開く。ミランダさんには嫌われているはずなのに。どうして私を推薦しているのか……何か裏があるんじゃないかと不安になる。

そんな私の不安に気付いたのか、室長さんはおほんと咳ばらいを一回して、私にとって嬉しい知らせを教えてくれる。

「ちなみに、今回は魔物討伐もあってここから騎士が派遣されるんだけど、その指揮を任されているのはラルク殿下なのよね」

「え、じゃあラルクも行くんですか？」

「ええ。だーかーら、アレイシアちゃんが適任だと思うんだけど？　いいかな？」

「……はい」

尻込みする理由も、断る理由もなくなってしまった。

ラルクが一緒に行くと言うなら、私が行かないはずないじゃないか。何より魔物討伐なんて危険な依頼に行くのなら……。

彼に何かあった時、すぐそばにいて助けられるように。

◇◇◇

国王陛下からの依頼は急を要するものだった。現在進行形で魔物の脅威に襲われているのは、王都の東側にある街ラインズ。

その街の規模は大きく、王都の次に繁栄している街とされていた。しかし最大の特徴はそこではなく、珍しい黒い葉をつける木々の森があること。

死の森と呼ばれるこの地には、魔物が生息している。

「準備できたな！　すぐに出発するぞ！」

「「はっ！」」

ラルクの指示に従い、武装し馬に乗った騎士たちが一斉に移動を開始する。私もその列に加わり、馬を走らせる。

今回は視察とは異なり、大掛かりな戦闘が行われる極めて危険な遠征だ。だから騎士の数も、張り詰める緊迫感も異なっている。

さすがに私も緊張する。ラルクとも距離が離れているから、気軽に話せるような状況でもない。

唯一一緒の馬に乗っているレン君も、人が多いとあまりしゃべらなくなるからとても静かだ。

そして……。

「ミランダ」

彼女だけは後方の馬車に乗って移動している。さすがに聖女を馬に乗せて走らせるわけにはいかない。

厳重な警備の下、仰々しい馬車は窓もなくて窮屈そうだ。中にいる彼女も緊張しているだろうか。私が知っている彼女なら、そんなことはなさそうだけど。

「どうかしましたか？　アレイシアさん」

「ううん、なんでもない。レン君は大丈夫？　腰とか痛くならない？」

「平気です。すみません、自分で操れなくて」

「気にしないで」

誰かを後ろに乗せて馬を走らせるのもこれで二度目だ。システィーにレン君、まさかこの短期間で二回も経験するなんて。

本当に馬の乗り方を習っておいて良かった。先生には結局会えなかったけど、また会いに行った時にお礼を言わなきゃ。

それにしても、ラルクが近くにいるのに話せないのはもどかしい。せっかく思いを確かめ合ったのに……って何を考えているんだ私は。

今から向かう所は戦地で、こうしている間にも大勢の人たちが苦しんでいる。危険を冒して戦っている。それなのに浮ついた気持ちでどうするんだ。

切り替えよう。心の中で気持ちを整理して、目の前の依頼に集中することを胸に誓った。

それから半日がかりで移動して、夕日が沈むころに目的地であるラインズに到着した。

ラインズは近くに魔物が生息している場所があるから、王都よりも高く分厚い壁で街全体が覆われている。出入り口も巨大な門が南北に一つずつある。

よほどのことがない限り、街の中まで被害が出ることはなさそうだ。魔物が出るという死の森も、近づきさえしなければ危険はない。

ただし今回の場合は、人がよく通行する街道に魔物が出現するようになってしまった。最初に被害にあったのは、他の街からラインズへ荷物を届けに来た商人の馬車だったそうだ。

「一応警戒はしてくれ。こっち側は報告にないが道は繋がってる。万一魔物が現れても即対応できるようにするんだ」

「はい。全騎士に伝達します」

「頼むぞ。それと速度を上げよう。もう日が沈む」

「はっ」

指示を出すラルクの表情は真剣そのもので、普段見せる明るくて穏やかな彼とは別人のようだった。

そんな彼を見たからこそ気を引き締めて、手綱を握る手にも自然と力が入る。

特にその後に危険はなく、私たちは巨大な門を通り抜けラインズへと足を踏み入れた。

ラインズに来るのはこれが初めてではない。以前に数回足を運んだこともあって、王都に負けないほど賑やかだったと記憶している。

思い返した記憶の光景とは対照的に、街はとても静かで落ちついていた。買い物や仕事で出歩く人よりも、武器を手にした騎士たちのほうが多く見かける。

私たちに気付いた騎士たちが一斉に集まり、ラルクの下で立ち止まる。

「お待ちしておりました殿下！」

「よく持ちこたえたな。状況は？」

「依然あまり良くありません。魔物の数は減らしていますが、おそらく親玉が残っています。それと怪我人は駐屯所に」

「わかった。まずは怪我人の対処が先だ。聖女様と薬師二名は駐屯所に向かうように！　他は魔物討伐の準備を進めるぞ！」

ラルクがそれぞれに指示を出し、私とレン君は怪我人が運ばれているという駐屯所へ向かうことになった。

ここでラルクとは一旦別れる。彼は魔物討伐に向かう様子だ。危険な場所へ向かう彼は心配だけど、私は私にやれることをしなくちゃ。

駐屯所へ移動した私たちの目に飛び込んできたのは、ベッドで横になり苦しむ人たちの姿だった。

　包帯に血が滲むほど傷だらけの人。高熱にうなされながら、大量の汗でシーツを濡らす人。中には四肢の一部を欠損した人もいる。

「酷いですね」

「うん。重傷の人から順番に診ていこう」

「待ちなさい」

　歩き出そうとした私たちを止めたのは、聖女になったミランダさんだった。

「ミランダさん」

「久しぶりねアレイシア。まだ王宮にいたなんて驚きだわ」

　彼女は腕を組みながら嫌味を口にした。こんな状況でも私に対する嫌味が先に出るなんて、聖女になっても相変わらずみたいだ。

「なんですかミランダさん。今は治療を優先すべき時ですよ」

「言われなくてもわかっていますわ。貴女たちは軽傷の方から見てください。重たい症状の方は全て私が見ますから」

「それは――」

「私のほうが早く治療できます。今は時間が惜しいでしょう？」

ミランダさんの言う通り、彼女の持つ聖女の力なら、深い傷でも瞬く間に治療することができる。

いち早く対処して命を救うためには、彼女の判断が正しい。

誰もがそう思うはずだ。だけど私だけは、彼女に頑張ってほしくないと思っている。使うほどに命を削るリスクが、聖女の力にはあるから。

「……わかりました。そうしましょう」

「ではよろしくお願いしますね？」

そう言ってミランダさんは重傷の方へと歩み寄る。優しく微笑みかけた彼女は安心してもらえるように語りかけ、祈りを捧げる。

淡い光に包まれながら、深い傷を負った兵士が回復する奇跡が起こった。周囲からはおおーという声があがる。

ニコリと微笑むミランダさんは、確かに聖女らしいと思った。素直過ぎる性格には困りものだけど、今日までたくさんの人たちを救ってきたことは本当だ。

本物の悪人なら誰かを救う選択は取らない。彼女が悪い人じゃないことくらい私にもわかっている。だからこそ、心配に思うんだ。

同じ運命を背負っていた先輩として、後悔の最期を迎えてほしくない。その思いを抱きながら、彼女の負担を減らすためにできることは、一人でも多くの人を薬師として救うことだった。

万能薬の一歩を踏み出したことで、少しは彼女の負担が減らせたと思っていたのに、こういう時は聖女の力に頼らなくてはならない。自分の無力さが虚しい。

「あの人は相変わらずですね」

「そうだね。私たちも頑張ろう、レン君」

「はい。手分けしましょうか」

「うん」

私とレン君も二手に分かれて、苦しそうにしている人たちの下へ走る。私が一人目に向かったのは、頭に包帯を巻いて額から汗を流している男性だ。

「こんにちは。宮廷薬師のアレイシアです。怪我のほうを見せていただいてもよろしいですか？」

「薬師さんか。来てくれてありがとう。見ての通り怪我はそんなに大したことないんだ。でも寒気と震えが止まらなくって」

「熱がありますね。傷は……」

頭の傷を確認して驚く。本人は大したことないというが、傷は予想よりも深くえぐられている。頭の骨の一部も削れているんじゃないだろうか。

一応出血は止まっているようだった。

「すみません、怪我をしたのはいつ頃ですか？」

「昨日の夜ですよ。街道で戦いがあって噛みつかれたんです。幸い血はすぐに止まったんですが、この状態で動けず……呪いなんじゃないかと不安で仕方がありません」

「呪い……他にも同じ症状の方がいらっしゃるんですね」

「はい。私と同じで傷は浅いのに体調が優れず、明け方急に死んでしまった仲間もいました。眠ったらもう起きられないかもしれないと思うと……夜も寝れなくて」

負傷した騎士さんはかなり不安感が強く、昨日から一睡もしていないそうだ。

怪我をしてから一日も経過していない。傷は本人が思っているより深い。出血はすぐ止まったと言っていた。

「血が止まったのは怪我をしてどのくらいでしたか？」

「え、ああ、三時間も経ってなかったと思います」

この傷を負って三時間で出血が止まった？

まだ傷口は開いたままで、塞がってもいないのに？

それによく見ると血の色が通常よりも黒く濁っているように見える。私は騎士に詳しく話を聞いた。

同じような症状の同僚が複数人いて、けろっと回復した者もいれば、急に苦しみ出して亡くなった人もいるそうだ。

比較的傷が軽く、元気だった人が突然倒れて亡くなる状況が続き、魔物の呪いではないかという声があがったという。

魔物の生態は複雑で、千年前から現在にかけても解明されていないことが多い。どうやって誕生したのか。詳しい生態も不明のままで、呪いというのも魔物が関わっているなら可能性はある。

ただ今回の症例は、どこか呪いとは違うような気がして、私は一つの仮説を立ててみた。

「レン君、ちょっといいかな？」

「はい。なんですか？」

「確かめたいことがあるんだ。協力してもらいたい」

「いいですよ。僕にできることなら」

私はレン君に仮説を話してから、駐屯所にいるお医者さんにも事情を説明して、仮説の検証を進めた。

もちろん並行して軽傷者の治療もしながらだ。

数十分が経過し、駐屯所に集まる負傷者も順調に治療が進んでいく。私たちが行ったり来たりする中、ミランダさんも祈り続けていた。

そうして私が治療している最中、レン君から検査結果の報告が入る。

「アレイシアさん。わかりましたよ」

「本当？　どうだった？」

「予想していた通りです。血液の凝固時間が通常の三分の一まで短縮されています」

「やっぱりそうだったんだ。じゃあこれは呪いじゃなくて……」

呪いと呼ばれていた症状の解明が進んだタイミングで、ミランダさんが重傷者の治療を終えたようだ。

そのまま私たちの元へ優雅に歩み寄り、ドヤ顔で私に言う。

「どうされましたか？　少々手際が悪いように思えますが？」

「ミランダさん」

「やはり薬師では難しいでしょう？　呪いを治療することは」

「聞こえていたんですね」

私たちが呪いについて調べていることに気付いたから、ミランダさんは話しかけて来たみたいだ。

この後のセリフは、大体予想ができる。

「あなた方では手に余るようですし、私が代わりましょう」

やっぱりそう来た。自分のほうが優れていると、私に見せつけたいって気持ちが表情に出すぎている。ミランダさんらしい。

「その心配はありません。これは呪いなんかじゃありませんから」

「なんですって？」

「調べてわかりました。呪いと呼んでいた症状の原因は、血液に魔物の血が混ざったことです」

体内に異物が混入したことで、毒素を排除しようと拒絶反応が起こり、悪寒や震えといった症状を呈した。

そして呪いと呼ばれる理由となった突然死。その理由は、魔物の血が混じったことで、血液の凝固作用が急激に高まったからだ。

血が固まりやすくなり、流れが悪くなることで、血管内でできた血の塊が心臓や脳に詰まってしまう。それによる突然死だ。

「ならば対処は簡単です。血液の凝固作用を防ぐ薬を服用して、通常の状態まで戻します。話を聞く限り、魔物の血に含まれる毒素については時間経過で解毒できるようですので。固まりやすくなる性質さえなくなれば命の危険はありません」

「なっ、それが本当だという証拠はあるんですか？」

「すでに検証しました。医師の見解も交えた上で話しています。もしも問題があった場合は、私が責任をとるつもりです」

「っ……」

ここまで言えば彼女も無理には入り込んでこないだろう。と、思っていた私にミランダさんは言う。

「だとしても、私が治療したほうが確実でしょう？」

「そうかもしれませんが、ミランダさんは重傷者の治療に専念したほうが良いでしょう。貴女が無理をしなくて済むように私たちは同行したんです」

「無理ですって？　私はこの通り無理なんて――」

「ミランダさん⁉」

元気なことをアピールしようと一歩前に足を踏み出したミランダさんは、そのまま膝の力が抜けて転びそうになる。

咄嗟に私が手を伸ばして肩と腕を支え、転ぶ直前で踏みとどまった。

「……やっぱり疲れているんですよ」

「そんなことありません！　離してください」

ミランダさんは支えていた私の手を振り払った。力強く振り払ったようだけど、彼女の表情には疲れが見え隠れする。

聖女の力の使い過ぎだ。重い症状の人を連続で治療して、一気に体力を削られたのだろう。私にも経験があるからよくわかる。

きっと彼女は今、身体中が重怠《おもだる》くて頭も痛いはずだ。そんな状態で無理はさせられない。

「お願いですから休んでください。ミランダさんが倒れたら、私だけじゃなくて大勢の人が心配します」

「っ……そうやって貴女は……」

「ミランダさん！」

「……わかりました。今は貴女に任せます」

悔しそうに目を逸らし、ミランダさんは立ち去っていく。なんとか退いてくれたことにホッとしつつ、彼女の体調が心配になる。

聖女になってから何度祈りを捧げたのだろう。今の彼女は……一体何年分の命を削ったのだろうか。

一刻も早く気付いてほしい。自分の身体が悲鳴を上げていることに。そうしないといずれ……私と同じ結末を。

「アレイシアさん」

「……うん。今は治療を続けよう」

目の前の役目に追われながら、聖女の先輩としての心配もあって、頭も身体も忙しくなる。それに、魔物討伐の準備をしているラルクのことも気になっていた。

◇◇◇

一日目を終えた夜。

私は一人駐屯所に残り、明日に向けた薬の調合をしていた。レン君には休むように言って、自分だけ内緒で仕事をしにくる。

こんなことをしていたら、ラルクに怒られてしまいそうだ。というより、下心もある。こうしていれば彼のほうから見つけてくれるんじゃないかと。

コトン、コトンと足音が聞こえて振り返ると、期待通りの人物が立っている。

「こんな時間まで残って仕事か？　真面目なのは褒めるべきだが、無理をするのは感心しないな」

「こんばんは、ラルク」

「俺の忠告はスルーか？　割と本気で心配してるんだぞ？」

「わかってるよ」

前に話してからそこまで時間は経っていないのに、こうして何気ない会話ができるだけで心が落ちつく。

私は仕事の手を止め、片づけを始める。

「もういいのか？」

「終わってないけど、ラルクが来てくれたからここまで」

「なんだかそれ、俺が来るのを待ってたみたいだな」

「……それもあるかな」

自分で言っていて恥ずかしいけど、今さら好意を隠す必要はない。私たちはお互いに思い合い、好き合っているわけだし。

とか、心の中で考えながら顔を真っ赤にする。生まれて初めての恋は私にとって全部が全部恥ずかしい。

そんな私を見たラルクは、なんだかホッコリしたように微笑んだ。

ラルクは片づけを一緒に手伝ってくれて、終わってから二人で駐屯所の外へ出て、一緒に散歩する。

夜とはいえ時間的には早いほうだから、王都ならまだ大勢の人たちが出歩いているだろう。ここも同じはずなのに、今はとても静かだ。

身近に迫った魔物の恐怖が、人々の足を止めてしまっている。千年前にもよくあった光景に、心が痛くなる。

「聞いたよ。さっそく呪いの原因を突き止めたんだって？」

「え、あーうん。本物の呪いじゃなくて良かったよ」

「お手柄だな」

「私を推薦した甲斐があったでしょ？」

「……俺はしてないよ」

「え？」

意外だった。ラルクが真っ先に推薦してくれたものだと思っていたから、少しシヨックだ。でも……。

「俺は……できれば来てほしくなかった。危険な場所だからな」

「ラルク……」

そういうことか。魔物が現れる危険な場所に、私を関わらせたくなかったから、だから推薦しなかったんだ。

理由がわかれば私のためで、ショックなんて消えてしまう。

「心配してくれたんだ。でも、私だってラルクが心配だよ」

「ありがとう。だからって討伐までついてくるとかは言うなよ？」

「それは……言えないよ。私じゃ足手纏《まと》いになるから」

聖女の力があった頃なら、その力でみんなを守護することもできたし、魔物を退けることもできた。

その力を失った今は、ただの人間でしかない。戦えない私は、戦場に行っても邪魔になるだけだ。わかっているからこそ歯がゆい。

「討伐はいつ？」

「明日だ。今日のうちに親玉の居場所はつきとめた。これ以上の被害が出る前に叩くんだよ」

「そう……なんだ」

「心配するな。俺の剣の腕は王国でも選りすぐりだ。だからこそ、この討伐部隊の指揮を任されてるんだぞ？」

ラルクは自信を示すように自分の胸をトンと叩く。彼が剣士として優れていることは知っている。一人で戦うわけじゃないことも。

「それでも、心配しない理由にはならないよ」

「……まぁ、そうだな」

「絶対に死なないでね？　無事に帰ってきてよ」

「おう。怪我したら頼むな」

冗談交じりに言うラルクは、夜の月明かりより眩しい笑顔を見せる。

「もう、そういう冗談は良くないよ？」

「ははっ。それくらいお前の腕を信用してるってことだ」

ラルクは私のことを信じてくれている。いつだって、私ならできると。なら私も、彼を信じて待ってみよう。私が信じる彼なら、約束を違《たが》えたりしないから。

こうして優しい夜は過ぎていく。

◇◇◇

翌日の朝。日の出に合わせてラルクは騎士たちを引き連れ討伐に出発した。参加できない私は彼を見送り、駐屯所へと向かう。

怪我をした人たちへのケア、服薬後の状態も管理しないといけない。傷は癒えても万全な人は一人もいないから、彼らが無理をしないように見張るのも私たちの仕事だ。

「あれ？　レン君」

「なんですか？」

駐屯所に戻った私は違和感を覚えてレン君に尋ねる。

「ミランダさんは？」

「そういえばまだ来ていませんね。寝坊でしょうか」

「昨日の疲れが残ってるのかも。心配だし様子を見にいこうかな」

「おや？　貴女たち知らないのかい？」

私とレン君が話していると、一緒に怪我人を見てくれていた駐屯所のお医者さんが声をかけてきた。

「聖女様なら今日はこっちじゃなくて討伐隊のほうに参加してるよ」

「……え？　魔物討伐に⁉　それって本当なんですか！」

「あ、ああ。今朝連絡があってね。昨日で重傷の者たちは治療してもらったし、魔物討伐でも聖女様のお力は役に立つからと。聖女様がそうおっしゃっていたから間違いないよ」

「ミランダさんが……」

ラルクたちと一緒の魔物討伐に参加してしまったようだ。ラルクには出発前に挨拶だけしたけど、他の騎士たちの様子までは確認していない。

彼が何も言っていなかったということは、ミランダさんの独断で同行しているんじゃ……。

すでに討伐部隊は出発してしまっている。今さら追いかけても間に合わないし、私は場所も聞いていない。もう間に合わない。

「そんな……」

確かに聖女の力は魔物から人を守ることができる。だけど、彼女は魔物の恐ろしさを知らない。などと嘆いても手遅れで、今の私にできることは、彼女が無事に戻ってくることを祈るだけだ。

もうなんの力もなくなってしまった祈りだけど、どうか今だけは、彼女を守ってほしいと希《こいねが》う。

◇◇◇

ラルクたちは魔物が巣くう死の森へ足を踏み入れていた。大部隊を率いるラルクだったが、今は少々不機嫌である。

「どうして聖女様が一緒なんだ？　何も聞いていないぞ」

「そ、それが今朝になって同行を希望されたと……私たちも出発時に知りました」

「許可はしていないんだがな」

「そうおっしゃらないでください。ラルク殿下」

先頭を歩くラルクの後ろから、聖女ミランダはニコリと微笑みかける。ラルクはため息をこぼし、歩きながら振り返る。

「あまり勝手をされては困る」

「良いじゃないですか。私の力は魔物退治でも役に立ちますよ」

「ここは街中でも聖堂でもない。今から向かっているのも戦場なんだ」

「もちろん心得ていますわ。ご安心ください。皆様のことは私がお守りします」

気の抜けた笑顔を見せるミランダに、ラルクは一抹の不安を感じていた。

言葉ではわかったと言っているが、彼女は何もわかっていない。戦った者しかわからない恐怖も、それに立ち向かう勇気も。

命をかけるという意味を、本当の意味では理解していない。だから落ちついて笑える。共に歩く騎士たちでさえ、森へ入ってから一度も笑みを見せていないのに。

「はぁ。もう着いてきてしまったことは仕方がない。くれぐれも無茶はしないでくれよ」

「ふふっ、ラルク殿下は心配性ですね」

「……やれやれ」

能天気なミランダの頭には、魔物と戦うことよりも、それによって功績を上げて自身の存在意義を高めることしかなかった。

怪我人の治療で体感したアレイシアに対する敗北感を、彼女が踏み入れない領域で活躍することで払拭したかったのだ。

「今に見てなさい……貴女なんかより私のほうが必要なのよ」

ミランダはぼそりと呟いた。ただそれだけのために、無理を通して魔物討伐に参加している。

そんな彼女に危うさを感じているラルク。彼女に気付かれないよう根回しをして、臨時に彼女を護衛する役割を騎士たちに与える。

戦力を分散することは得策ではなかったが、聖女である彼女に何かあれば、国民からの激しい批判を受けるだろう。

この時点でラルクたちは、魔物討伐よりも聖女ミランダを守ることを優先する方向へと動いていた。

そうしたトラブルを経つつも部隊は前進し、魔物の主が住まう地へと向かう。すでに場所はわかっている。

死の森に囲まれた黒い湖の辺《ほとり》に、街道で頻繁に出現するようになったブラックウルフたちが集まっていた。

ウルフたちが主と認める巨大な魔物こそ、街を脅かす巨大な脅威。強靱な牙をもつ獣で、大きさも成人男性の十倍以上。しかし最も大きな特徴は、首が三つあるということだった。

その魔物の名は――三頭獣ケルベロス。

「いたぞ親玉だ！　各人武器を持て！　各々の役割通りに行動するんだ！」

「はっ！」

湖の辺にたどり着き、ケルベロスを見つけたと同時に開戦する。周囲には複数のブラックウルフも待ち構えていた。

彼らは鼻が利く。ラルクたちの存在にはとっくに気付いており、警戒を強めていた。不意打ちが使えない以上、出会った直後に開戦する。

ラルクたちが事前に決めていた戦法は、騎士たちを五人前後の小部隊に分割し、うち三部隊をブラックウルフ討伐、残りをケルベロス討伐に当てること。

しかし聖女ミランダの参加により、ブラックウルフ用の部隊を彼女の護衛に付かせることになった。純粋な戦力減である。

開戦直後にケルベロスが荒々しく雄叫《おたけ》びを上げる。その叫びは大地を震わせ、黒い湖の水面に波紋をたたせる。

圧倒的な迫力と威圧感を前にして、恐怖する騎士たちも多かった。それでも一度戦いに出たのなら、勝たなければ死ぬのみ。

震える身体を奮い立たせて、恐怖を力にかえ剣を握りしめる。

「安心してください皆さん！　私がいる限り、皆さんの命は私が守ります！」

ミランダは両手を胸の前で組み、目を瞑り祈りを捧げる。傷を癒す祈りではなく、魔物と戦うための祈りを。

「主よ――か弱き我らに守りの力をお与えください」

祈りの言葉を口にした直後、彼女の身体から温かく優しい光が溢れ出す。光は周囲に拡散して、魔物を苦しめ、騎士たちの身体を守る。

光に包まれた騎士たちは、身体が普段より軽くなったことに気付く。

「身体が軽いぞ」

「これが聖女様のご加護か！」

「その通りです！　私のことを信じてください！」

予定外だった聖女の参加。不安要素が強かったが、彼女の存在は騎士たちに勇気を与えていた。

怪我をしても聖女が近くにいる。温かな光で自分たちを守ってくれる。その安心感が、騎士たちの恐怖を緩和する。

聖女の参加が良い方向へ働いていることに、ラルクは安堵しながらケルベロスと向き合う。

士気が高まり、騎士たちから恐怖が消えた今なら攻められる。そう判断した彼は騎士たちに指示を出し、一斉にケルベロスへ仕掛ける。

暴れ回るケルベロスの死角をつき攻撃を重ね、徐々にダメージを蓄積させていく。

ケルベロスは頭が三つある特性上、普通の魔物よりも視野が広い。しかし大人数で取り囲み、見なければならない箇所を増やせば、いかにケルベロスでも全てに対応することは不可能だった。

大きさと視野の広さ、加えて凶暴性。これらを省けばただの犬と動きは変わらないのだ。

言うは易し。実際の戦闘は激しく、少しの油断が死を招く。しかし揃っているのは腕利きの騎士たちだ。後れを取ることなく、順調にケルベロスの体力を削る。

聖女の加護のお陰で、多少の怪我は瞬時に治癒する。普段より踏み込んで攻撃できる分、予想していたよりも早く決着がつきそうだった。

ケルベロスが悲痛な叫び声をあげる。すでに周囲のブラックウルフも全滅し、残るは瀕死のケルベロスのみ。

「もう少しだ！」

「「おお！」」

順調だった。何事もなく終わりそうな雰囲気が漂っていた。そしてついに、ケルベロスが力尽き地面に倒れる。

「や、やった！　勝ったぞ！」

一人の騎士が声をあげ、勝利したことを周囲が認知する。ラルクも、一人も欠けることなく勝利したことへの安堵で気を緩ませる。

だが、その安堵が命取りだった。ラルクは気付く。倒れているケルベロスの頭が、いつの間にか二つしかないことに。

「おい、残り一つはどこにいったんだ？」

「皆さんお疲れさまでした。加護を一度止めましたので、怪我が酷い方は個別に私が治療します」

そう言ってミランダがラルクたちの方へと駆け出す。護衛たちも戦闘が終わったことで緊張が解け、彼女の走り出しに反応が遅れた。

奇《く》しくも彼女が一人になるタイミングを作ってしまった。そこを見逃さないのが野生の本能。

ケルベロスは直感していた。この戦いにおいて、もっとも邪魔な存在が誰なのか。

故《ゆえ》に分離した一匹が狙うのは――

「逃げろ！」

自身を傷つけられたことへの恨み。復讐の瞳は真っ赤に燃えて、にっくき聖女に牙を立てる。

聖女とはいえ身体は普通の人間だ。その牙に抗《あらが》う術は、彼女にはない。

「――え？」

◇◇◇

どうしようもない不安が私の胸を締め付ける。

ラルクは、ミランダさんは無事なのかと、駐屯所で治療を続ける私は気が気じゃなかった。

なんとか不安や焦りを顔に出さないように注意して、黙々と仕事を続ける。ラルクが大丈夫だと言ったから、きっと大丈夫だと。

信じたい気持ちと同じくらい、形容しがたい不安が胸をくすぶる。そんな私のもとに、良くない知らせが駆け込んできた。

「アレイシア様！　レン様！　至急街の入り口まで来てください！」

「どうかしたんですか？」

「聖女様が……聖女様が重傷を！」

「なっ……」

嫌な予感が当たってしまった。私とレン君は治療を中断し、急いで言われた場所に駆けだす。

報告してくれた騎士もボロボロだった。相当激しい戦闘が繰り広げられたのだろう。その上での重傷……ごくりと息を呑む。

たどり着いた入り口前には、ボロボロになり頭から血を流すラルクの姿があった。

「ラルク！」

「アレイシアか！　よく来てくれた」

「その怪我、早く治療しないと！」

「俺のことは後でいい！　それより彼女を見てやってくれ！」

ラルクの傷だって決して浅くない。額から血を流し、腕に牙を立てられたのか、どろどろと血が流れている。

そんな彼よりも重傷を負い、地面に横たわっているミランダさんを見て、背筋が凍るような寒気を感じた。

ミランダさんの腹部に穴が開いている。強大な牙で嚙まれたのだろう。左腹部に拳一つ分くらいの傷がある。

「ひ、酷い……」

「止血も間に合わなかった。だがまだ息はある。なんとか助ける方法はないか？」

「アレイシアさん、この傷じゃ」

「っ……レン君はラルクの手当てをお願い。彼女は私が見るわ」

ラルクの傷はレン君に任せれば大丈夫。問題はこっち、即死しなかったことが奇跡に近い重傷だ。

出血量も多いし、あと数分で命が尽きる。周囲の騒がしさに反応しないところを見ると、意識も失った状態だ。

聖女の力に唯一欠点があるとすれば、自分自身には使えないこと。守られた環境にいた彼女は、そのことを知らなかったんじゃないか。

危険な場所に自ら出ていったのも、怪我をしてもなんとかなると思っていたからかもしれない。

「ミランダさん……」

傷が深すぎる。私が作った万能薬でも、潰れ抉《えぐ》れた内臓を瞬時に回復させることなんてできない。それができるとすれば……聖女の力だけだ。

こんな所で、選択肢が聖女の力しかないなんて。私に聖女の力が残っていたら、彼女を救うことができるのに。

どうして……どうして神様は私から力を奪ったの？

「頼むアレイシア。彼女のお陰で……俺たちは誰も死ななかった。それなのに彼女が死んでしまったら……」

「ラルク……」

彼女は聖女だ。純粋過ぎるところが裏目に出て、周囲を困らせることはあっても、その心は多くの人たちを救ってきた。

自分の命を削りながら、誰かの笑顔を守ってきた。それが紛れもない事実で、誇っていい善行だ。

理由はどうあれ、彼女は聖女としての役割を果たし続けている。ならば彼女も、報われなければならないはずなんだ。

こんな所で……あっけなく最期を迎えていいわけがない。

そうは思いませんか？

——神様！

その時、私は懐かしい声を聞いた。前世でも、何度も何度も呼びかけて、お声を預かり続けた。

主の声は私に言っている。

彼女を救えと。私は今も、聖女であると。

「――主よ、偉大なる同志に奇跡の光を」

私の身体から溢れ出る淡い光は、まさしく聖女の力に他ならない。私の光に同調して、ミランダさんの身体からも光が漏れる。

私の力と彼女の力、二つが共鳴して、祈りの力はさらに強まる。もはや絶命寸前だった彼女の肉体を、急激な速さで回復させるほど。

「奇跡だ……奇跡が起こった」

と、ラルクが小さな声で呟いた。本当にその通りだ。失ったはずの力が戻り、死に向かっていた命が、この地に繋ぎ留められた。

いくつも重なった奇跡が、ミランダさんの命を救ったんだ。

「う……あ、貴女……今の声……」

「ミランダさんにも聞こえていたんですね」

「どうして……まさか、本当に……」

主の声は彼女にも届いていたらしい。同じ声を聞いたことを驚いている彼女に、私は言う。

「私のことは、私の言葉は信じてもらえなくても構いません。でもこれは、私を含む皆さんが思っていることです」

前世では気付けなかった。気付けないまま一生を終えた。聖女としてではなく、一人の人間として生きる今だからわかることがある。

「ミランダさん。私たちは誰も、貴女が犠牲になってまで助かりたいとは思っていません。貴女は聖女としてたくさんの人を助けています。そんな貴女だからこそ、みんなが思うんです。どうか、自分を大切にしてください」

私の言葉に合わせるように、集まっていた人たちの温かな視線がミランダさんに向けられる。

聖女は偉大な存在で、誰もがその存在に感謝している。それでも、聖女は神様じゃない。聖女も一人の人間で、共に生きる者なのだと。

守るべき者たちだと思っていた彼らこそ、誰より私たち聖女の命を大切に思ってくれていた。そのことに、どうか気付いてほしい。

エピローグ

最後の奇跡と再出発

ラルクたちがケルベロスを討伐し街を救ったことは、瞬く間に王都中の話題になっていた。

活躍の中に語られるのは彼だけではなく、聖女ミランダの奇跡も含まれていた。

自らの意思で戦いに赴き、騎士たちの命を守り抜いた末に重傷を負うも、さらなる奇跡で生還を果たす。

まさに聖女の中の聖女。千年前の大聖女以上の存在だと、王都の人たちは歓喜に震えていた。

「素晴らしい活躍だったようだね。聖女ミランダ」

「ありがとうございます。アンデル殿下」

王城の一室で話す二人は向かい合い、アンデル王子はいつも通り笑顔を見せる。

対してミランダは真剣そうに、悩むように俯く。

「どうしたのかな？　傷がまだ痛むのかい？」

「……いえ」

「そうか。自分の傷さえ癒《いや》し、死の間際から生還する……まさに奇跡だ。君のお陰で怪我人も無事に日常へ戻っている。君の功績は称えられるべきものだよ」

「……いいえ、私だけの力ではありません」

俯いていたミランダは、決意したような力強い目でアンデル王子を見る。

「共に同行した宮廷薬師《くすし》アレイシア、レンの二名の迅速な対応、処置があったからこそ、皆さんが無事に回復されました。私が魔物討伐に参加できたのも、彼女たちの存在が大きかったことは事実です」

「ほう、そうだったのか」

「はい。私がこうして立っているのも、彼女たちがいてくれたからこそです。彼女たちがいてくださったことに、私は心から感謝しています」

「なるほど……それは良いことだ」

アンデル王子は呆れたように笑う。

「――って感じで、彼女がお前に感謝しているそうだぞ」

「ミランダさんが？」

「意外だよな。いつも口を開けば嫌味ばかりだったのに」

「あははは、あれは素直過ぎたから。最初から悪い人じゃないよ。悪い人なら聖女に選ばれることもないんだから」

◇◇◇

私とラルクは並んで王宮の廊下を歩いていた。街での一件が一段落して、お互いに元の日常に戻った頃だ。

「おっ、噂をすれば」

「ん？　あ……」

廊下の向かい側から、ミランダさんが歩いてきた。目と目が合い、自然と対面するように方向を変え、立ち止まる。

「こんにちは、ミランダさん」

「……ええ」

「身体のほうは平気ですか？　無理はしてないですよね？」

「してないわ。しばらくは聖堂もお休みよ」

私はホッと胸をなでおろす。あんなことがあった直後でなくても、彼女は命を削り続けているのだから。

聖女の力のリスク、あの話も少しは信じてもらえただろうか。私が聖女の力を使えたことは、同じ聖女である彼女だけが気付いている。

街で奇跡を起こした時は、見ている人たちもミランダさんが起こした奇跡だと思っているみたいだ。

別に聖女の地位に戻りたかったわけじゃないからそれでいい。何より、聖女の力が使えたのはあの時限りで、また使えなくなってしまった。

どうして一時的に使えたのかわからないけど、ひょっとしたら神様は、私には必要ないと判断して取り上げたのかもしれない。でも神様は薄情じゃないから、いつだって見守ってくれていて、本当に困った時は助けてくれる。

あの時、一時的に力が使えたのは、神様からのプレゼントだったのかもしれない。

「アレイシア」

「はい？」

「……その、あの時は……助けてくれてありがとう」

「え……」

ミランダさんからの感謝。意外だったから、キョトンとして素直に受け取り損ねてしまう。

「い、言いそびれたから今言ったわ。一応……本心だから」

「どう……いたしまして？」

「……」

ミランダさんの表情はまだ何か言いたそうだ。私は彼女が話してくれるのを待つ。

すると彼女はモジモジしながら言う。

「あ、貴女の言葉……全部は信じられない。信じられないけど……忠告はとりあえず受け取ってあげるわ」

「ミランダさん……」

「か、勘違いしないでよね？　私は別に、貴女を認めたわけじゃないんだから」

「……はい。それでも良いです」

素直だけど素直じゃない。子供みたいな彼女を微笑《ほほえ》ましく感じて、放っておけないと思える。

「ミランダさん」

「な、何かしら？」

「無理はしないでくださいね？　命は一つしかないんですから」

「それはもう聞いたわ」

「何度だって言いますよ。私はみんなが安心して生きられる世界にしたいんです。みんなの中にはミランダさんだっているんですから」

「ふ、ふん！　ちょ、調子に乗らないでくださいね！」

最後の最後にいつも通り、悪態っぽいセリフを口にしてミランダさんは去っていく。足取りは軽やかに、元気そうに。

「あっちのほうがミランダさんらしいね」

「元気があるのは確かだな」

「元気が一番だよ」

「ああ」

私たちはミランダさんが見えなくなるまで見送って、再び並んで歩きだす。

「ところで、アレイシアはこの後時間あるか？」

「ちょっとならあるけど？」

「じゃあ少しだけ付き合ってくれ」

「うん」

なんだかラルクがそわそわしているように見えた。ラルクに連れられて向かった先に私は驚く。

「聖堂？」

「今日はお休みって言ってたろ？　今は誰も来ない。二人だけで話せる」

「そ、そうだね？」

聖堂で二人きり。ラルクの様子もなんだかいつもと違っていて、私まで緊張してくる。

「実はさ。今回の依頼に参加した者には全員褒賞が与えられることになってるんだ」

「うん。それは聞いてるよ？」

「もう通達があったか。でも、お前にだけ特別に褒賞があるってことは知らないだろ？」

「え、そうなの？」

それは初耳だった。私にだけ？

「万能薬を作った功績があるだろ？　あの時から声はあがってたんだが、今回の一件での活躍もあって、お前に爵位を与えようって話が出てるんだ」

「爵位って、本当なの？」

「ああ。まだ正式じゃないが、ほぼ確定だよ」

「そう……なんだ」

ラルク曰く、功績を称えてだけでなく、今後も国のために活躍してほしいという意味も込められているらしい。

爵位を得るということはすなわち、貴族の地位を得るということだ。

「私が……貴族に……」

「そう。爵位を得て、周囲からの期待も大きい。なぁアレイシア、もう十分納得させる理由は揃ったと思わないか？」

「え、どういう——」

唐突に、ラルクは私の手をぎゅっと握ってきた。手から伝わる温もりと、彼の真剣な眼差しが向けられる。

「今なら、誰も文句を言わないと思うんだ」

「ラルク……」

彼の握る手が強くなる。それに合わせるように、私の胸は高鳴り、顔が燃えそうなくらい熱くなる。

彼がこれから何を言おうとしているのか。もう気付いてしまっていた。

思いは通じ合っていても、身分という壁があった。その壁を今、私はとび越えようとしている。だから彼は、あの時の夢で交わした約束を果たそうとしている。

「アレイシア、俺の婚約者になってくれないか？」

「――ラルク」

「俺は君が好きだ。出会った時からずっと、あの頃よりもっと。これから先も好きになる。だから、俺の隣にいてほしい」

まっすぐで純粋な思い。人が人を好きになること以上に、美しくて綺麗な感情はないと思える。

私の答えは、あの時から決まっている。

「……うん。私もラルクと一緒にいたいよ」

思いは同じだ。ずっと前から、気付いてからもっと好きになった。

恋なんて私には縁のないものだと思っていたのに、気付けば知らぬ間に、抜け出せないほど深く彼を好きになっていた。

前世では感じることすらできなかった感情を、今は何度も噛みしめている。

聖女として生きた私は後悔を抱えて最期を迎えた。今度は後悔しないために、聖女の力に頼らず、長く続く幸福を支えられるように、薬師になった。

最後の奇跡を経て、私は再び薬師としての道を歩み始める。ただ、一人で歩くわけじゃない。

私の隣には仲間たちがいて、最愛の人がいてくれる。

「アレイシア」

「ラルク」

これも、生まれて初めての経験だ。唇同士を合わせるだけ。触れ合う面積は小さいのに、心と身体が満たされていく。

この繋がりはきっと、私の背中を押すだろう。

あとがき

初めまして皆様、日之影ソラと申します。

まず最初に、本作を手に取ってくださった方々への感謝を申し上げます。

本作は前世を聖女として生きた主人公アレイシアが、二度目の人生で薬師になる道を選び、様々な出来事や人との交流を経て幸せを掴む物語でした。主人公を含む多くのキャラクターの魅力を感じて頂けたなら嬉しいです。

それだけでなく、本作はイラストも非常に魅力的に仕上がっております。海鼠先生が書いてくださったカバーイラストや口絵など、キャラクターと背景との調和が素晴らしくて、私自身とても気に入っております。

そして本作は私自身初めてとなる書き下ろし作品となります。WEBでの連載や短編などからではなく、プロットから作成して執筆をしました。

最初から書籍になるという意識があったこともあり、いつも以上に気合いが入ったと思います。

特に主人公アレイシアは、かつて聖女として多くの人々を救っていながら、救えなかった人たちがいることに後悔していました。そうして生まれ変わった二度目の人生では、より多くの人々を助けるために薬師となって奮闘します。

こうした過去に何らかの後悔やトラウマを抱えているキャラクターほど、その後悔に再び直面した時、同じ失敗を繰り返さないよう努力する姿は美しく健気だと思います。

現実には中々難しいことでもありますから、そういう揺るがない心の強さをもつキャラクターに惹かれるのでしょうか。

世の中にはたくさんの魅力的なキャラクターが存在しますが、私はそういう努力するキャラクターが好きなので、今後もたくさん書いて表現できたらいいなと思っております。

願わくば、読者の皆さんにも感じて頂けたら嬉しいです。


最後に、素敵なイラストを描いてくださった海鼠先生を始め、書籍化作業に根気強く付き合ってくださった編集部のKさんなど。本作に関わってくださった全ての方々に、今一度最上の感謝をお送りいたします。

それでは機会があれば、また二巻のあとがきでお会いしましょう！

Jノベルライト文庫

前世《ぜんせ》聖女《せいじょ》だった私《わたし》は薬師《くすし》になりました

2022年4月15日　初版第1刷発行

著　　者　日之影《ひのかげ》ソラ
イラスト　海鼠《なまこ》
発 行 者　岩野裕一
発 行 所　株式会社実業之日本社
〒107-0062　東京都港区南青山 5-4-30
emergence aoyama complex 2F
電話（編集）03-6809-0473
（販売）03-6809-0495
実業之日本社ホームページ　https://www.j-n.co.jp/
印刷・製本　大日本印刷株式会社
装　　丁　AFTERGLOW
D T P　ラッシュ

ISBN978-4-408-55719-9（第二漫画）

Jノベルライト文庫